DATE DUE

HENRY HUGGINS

HENRY

por Beverly Cleary

HUGGINS

Ilustrado por Louis Darling
Traducido por Argentina Palacios

William Morrow and Company · New York · 1983

Printed in the United States of America
1 2 3 4 5 6 7 8 9 10

Library of Congress Cataloging in Publication Data
Cleary, Beverly. Henry Huggins.
Translation of: Henry Huggins. Summary: When Henry adopts Ribsy, a dog of no particular breed, humorous adventures follow. [1. Humorous stories. 2. Dogs—Fiction. 3. Spanish language materials] I. Darling, Louis, ill. II. Title.
PZ73.C55   1983   [Fic]   82-25889
ISBN 0-688-02014-3

Impreso en los Estados Unidos de América.
1 2 3 4 5 6 7 8 9 10

Datos de publicación para la Biblioteca del Congreso
Cleary, Beverly. Henry Huggins.
Traducción de: Henry Huggins. Resumen: Cuando Henry adopta a Ribsy, un perro de raza mezclada, suceden muchas graciosas aventuras. [1. Cuentos humorísticos. 2. Perros—Ficción. 3. Materiales en español] I. Darling, Louis, ilust. II. Título.
PZ73.C55   1983   [Fic]   82-25889
ISBN 0-688-02014-3

CONTENIDO

Capítulo

CAPÍTULO UNO

Henry
y Ribs*

HENRY HUGGINS estaba en tercer grado.
Tenía el pelo como cepillo de limpiar piso y ya
había mudado los dientes. Vivía con su mamá y su
papá en una casa blanca cuadrada en la calle
Klickitat. Aparte de la operación de las amígdalas a
los seis años, y del brazo roto cuando se cayó de un
cerezo a los siete, muy poco le sucedía a Henry.

Ojalá pasara algo emocionante, pensaba Henry a
menudo.

Pero nunca le pasaba nada interesante a Henry,
sino hasta un miércoles por la tarde del mes de
marzo. Todos los miércoles después de clase
Henry iba en autobús a la "Y. M. C. A.", a nadar.

* *Ribs* quiere decir *costillas* en inglés.

Nadaba una hora, se iba otra vez en autobús, y llegaba a su casa exactamente a la hora de la cena. Eso le gustaba, pero no era nada del otro mundo.

Cuando Henry salió de la "Y. M. C. A." ese miércoles, se detuvo a mirar a un hombre que estaba quitando un cartel del circo. Luego, con tres monedas de cinco centavos y una de diez en el bolsillo, se dirigió a la farmacia de la esquina a comprar un helado de chocolate en barquillo. Creía que iba a comerse el helado, subir al autobús, echar sus diez centavos en la ranura y andar hasta llegar a su casa.

Pero no fue eso lo que pasó.

Compró el barquillo y pagó con una de sus monedas de cinco. A la salida de la farmacia se detuvo a mirar las historietas cómicas. Era un vistazo gratis, porque sólo le quedaban dos monedas de cinco.

Estaba allí parado, chupando su helado de chocolate y leyendo una de las historietas cuando oyó un pum, pum, pum. Henry se volteó y vio a un perro allí a su espalda, rascándose. El perro no era de ninguna raza especial. Era muy pequeño para ser perro grande, pero, por otra parte, era demasiado grande para ser perro chico. No era blanco porque tenía partes color café y partes negras y entre ellas tenía manchas amarillentas. Tenía las orejas paradas y la cola larga y rala.

El perro tenía hambre. Cuando Henry chupaba, él chupaba. Cuando Henry tragaba, él tragaba.

—Hola, perrillo,— dijo Henry. —Este helado no es para ti.

La cola hizo juip, juip, juip. Los ojos cafés parecían decir: "Sólo un poquito."

—Vete,— le ordenó Henry. Pero no lo dijo muy fuerte. Y le dio unas palmaditas en la cabeza.

El perro meneaba la cola más y más. Henry chupó una última vez. —Ay, está bien,— dijo. — Si tienes tanta hambre, pues cómetelo.

El barquillo de helado desapareció de un mordisco.

—Ahora vete,— le dijo Henry al perro. —Yo tengo que tomar el autobús para irme a casa.

El chico se dirigió a la puerta. El perro también.

—Vete, perro flacucho.— Henry no lo dijo en voz muy alta. —Vete a tu casa.

El perro se echó a los pies de Henry. Henry miró al perro y el perro miró a Henry.

—Yo creo que tú no tienes casa. Estás tan terriblemente flaco. Las costillas se te salen.

Pum, pum, pum, contestó la cola.

—Y no tienes collar,— dijo Henry.

El chico se puso a pensar. ¡Si se pudiera quedar con el perro! Él siempre había querido tener un perro propio y ahora se había encontrado un perro que lo quería a él. ¡No podía irse a su casa y dejar a un perro con hambre en la calle!

¡Qué dirían su mamá y su papá! Tocó las dos monedas de cinco que tenía en el bolsillo. ¡Ya! Usaría una para telefonear a su mamá.

—Vamos, Ribsy. Vamos, Ribs, mi viejo. Te voy a llamar Ribsy porque eres tan flaco.

El perro salió trotando detrás del chico hasta la

caseta del teléfono en la esquina de la farmacia.
Henry lo metió en la caseta y cerró la puerta. Él
jamás había usado un teléfono público. Tuvo que
poner la guía telefónica en el piso y pararse en
puntillas para alcanzar la bocina. Le dio el número
a la telefonista y echó una moneda en la cajilla.

—Aló . . . ¿Mamá?

—¡Vaya, es Henry!— Su mamá parecía sorprendida. —¿Dónde estás?

—En la farmacia al pie de la "Y. M. C. A."

Ribs empezó a rascarse. Pum, pum, pum. Dentro de la caseta los golpes sonaban fuertes y
retumbantes.

—Por el amor de Dios, Henry, ¿qué es ese
ruido?— le preguntó su mamá.

Ribs se puso a gemir primero y luego a aullar.

—Henry,— gritó la Sra. Huggins, —¿estás bien?

—Sí, estoy bien,— contestó Henry también a
gritos. Él nunca podía entender por qué su mamá
pensaba siempre que a él le pasaba algo cuando no
le pasaba nada. —Es Ribsy, no más.

—¿Ribsy?— Su mamá estaba exaltada. —

Henry, ¿puedes hacerme el favor de decirme qué es lo que pasa?

—Es lo que estoy tratando de hacer,— dijo Henry. Ribsy aulló más fuerte. La gente se estaba juntando alrededor de la caseta para ver lo que pasaba. —Mamá, me encontré un perro. ¡Cómo me gustaría quedarme con él! Es un perro bueno y yo me encargo de darle la comida y de bañarlo y todo lo demás. Por favor, mami.

—No sé, mi amor,— dijo su mamá. —Tienes que pedirle permiso a tu papá.

—¡Mamá!— se lamentó Henry. —¡Eso es lo que tú me dices siempre! Henry se hallaba cansado de estar en puntillas; además, en la caseta se sentía mucho calor. —¡Mamá, por favor, dime que sí y jamás pediré otra cosa en toda mi vida!

—Bueno, está bien, Henry. Creo que no hay razón para que no tengas tu perro. Pero tienes que traerlo en el autobús. Tu papá anda con el carro hoy y yo no puedo ir por ti. ¿Te las arreglas?

¡Claro que sí! ¡Eso es fácil!

—Y, por favor, Henry, no tardes. Parece que va a llover.

—Está bien, mami.— Pum, pum, pum.

—Henry, ¿qué son esos golpes?

—Es mi perro, Ribsy. Se está sacando una pulga.

—Ay, Henry,— se lamentó la Sra. Huggins. — ¿No fuiste capaz de encontrar un perro sin pulgas?

A Henry le pareció que había llegado el momento de colgar el teléfono. —Anda, Ribs,— dijo. —Nos vamos a casa en el autobús.

Cuando el autobús verde paró frente a la farmacia, Henry levantó a su perro. Ribsy pesaba más de lo que él se había imaginado. Le costó mucho trabajo meterlo en el autobús y se preguntaba cómo sacaría sus diez centavos del bolsillo cuando el chofer le dijo: —Oye, hijito, no puedes llevar ese perro en el autobús.

—¿Por qué no?— preguntó Henry.

—Por regla de la empresa, hijito. No se llevan perros en los autobuses.

—Ay, señor, ¿cómo lo voy a llevar a casa? Es que lo tengo que llevar.

—Lo siento mucho, hijito, pero yo no hice las reglas. Ningún animal puede viajar en autobús si no va en una caja.

—Bueno, de todos modos, muchas gracias,— dijo Henry, con sus dudas, y sacó a Ribsy del autobús en brazos.

—Bueno, creo que tenemos que conseguir una caja. De algún modo te meto en el autobús,— le prometió Henry.

Regresó a la farmacia seguido de cerca por Ribsy. —¿Tiene Ud. una caja grande que me pueda dar, por favor?— le preguntó al hombre de la sección de pastas dentales. —Necesito una bien grande para mi perro.

El dependiente miró por encima del mostrador y vio a Ribsy. —¿Una caja de cartón?— preguntó.

—Sí, por favor,— dijo Henry con deseos de que el hombre se diera prisa ya que no quería llegar tarde a su casa.

El dependiente sacó una caja de abajo del mostrador. —Esta caja de tónico para el cabello es la única que tengo. Me parece que está bien de tamaño, pero no me puedo imaginar para qué alguien quiera meter un perro en una caja de cartón.

La caja era como de dos pies cuadrados y seis pulgadas de profundidad. De un lado tenía impreso (en inglés): "No permita que lo llamen pelón"; y por el otro: "Pruebe nuestro tamaño económico".

Henry le dio las gracias al dependiente, llevó la

caja a la parada del autobús y la puso en la acera.
Ribsy le seguía el compás. —Métete, socio,— le
ordenó Henry. Ribsy entendió. Se metió en la caja
y se echó justamente cuando el autobús aparecía
por la esquina. Henry se tuvo que arrodillar para
levantar la caja. La caja no era muy fuerte y tuvo
que llevarla en brazos. Al levantarla se tambaleó,
lo cual lo hizo sentirse como el levantador de pesas
del circo. Cariñosamente, Ribsy le lamió la cara
con su húmeda lengua rosada.

—¡Déjate de eso!— le ordenó Henry. —Te
tienes que portar bien si quieres que te lleve conmigo en el autobús.

El autobús paró al borde de la acera. Cuando le
llegó el turno de subir a Henry, le costó trabajo
encontrar el escalón porque no se podía ver los
pies. Tuvo que hacer el intento varias veces para
encontrarlo. Entonces se dio cuenta de que se le
había olvidado sacar sus diez centavos del bolsillo.
No se atrevía a poner la caja en el suelo por miedo
de que Ribsy se escapara.

De costado le dijo al chofer con mucha cortesía:
—¿Podría Ud. hacerme el favor de sacar los diez
centavos de mi bolsillo? Es que tengo las manos
ocupadas.

El chofer se echó la gorra hacia atrás y exclamó:
¡Ocupadas! ¡Pues como que *sí* las tienes ocupadas!
¿Y adónde te imaginas que vas con ese animal?

—A casa,— dijo Henry en voz bajita.

Los pasajeros le habían clavado la vista y la mayoría sonreía. La caja se hacía más y más pesada.

—¡En este autobús no!— dijo el chofer.

—Pero el hombre del autobús anterior me dijo
que podía llevar al perro en el autobús si iba en
una caja,— protestó Henry, con miedo de no
poder sostener el peso del perro mucho más. —
Me dijo que era regla de la empresa.

—Lo que él quiso decir fue una caja grande
cerrada completamente. Una caja con agujeros
para que el perro pueda respirar.

Henry se horrorizó al oír el gruñido de Ribsy. —
¡Cállate!— le ordenó.

Ribsy empezó a rascarse la oreja izquierda con la pata trasera izquierda. La caja se empezó a romper. Ribsy saltó de la caja y se salió del autobús y Henry lo siguió. El autobús arrancó dejando tras sí una bocanada de escape.

¡Mira lo que has hecho! ¡Lo has malogrado todo!— El perro bajó la cabeza y se metió la cola entre las piernas. —Si no te puedo llevar a casa, ¿cómo me voy a quedar contigo?

Henry se sentó en el borde de la acera a pensar. Era tan tarde y las nubes estaban tan oscuras que no quería perder más tiempo buscando otra caja grande. Lo más probable era que su mamá ya estuviera preocupada.

La gente estaba llegando a la esquina para esperar el siguiente autobús. Entre todos, Henry notó a una señora de bastante edad con una bolsa de papel grande llena de manzanas. La bolsa le dio una idea. Enseguida dio un salto, le chasqueó los dedos a Ribsy y corrió otra vez a la farmacia.

—¿Tú de nuevo?— le preguntó el dependiente de las pastas dentales. —¿Qué quieres ahora?

¿Papel y cuerda para envolver a tu perro?

—No, señor,— le dijo Henry. —Quiero una de esas bolsas grandes de a cinco.— Y puso su última moneda en el mostrador.

—¡Ay, caramba!— dijo el dependiente y le dio la bolsa por encima del mostrador.

Henry abrió la bolsa y la puso en el piso. Levantó a Ribsy y a empujones lo metió en la bolsa, con las patas traseras primero. Luego le metió las patas delanteras. Todavía sobraba mucho de Ribsy.

El dependiente estaba recostado sobre el mostrador, observando. —Creo que necesito también papel y cuerda,— dijo Henry, —si los puedo obtener gratis.

—¡Bueno, esto es el colmo!— El dependiente meneó la cabeza mientras le daba un pedazo de cuerda y un buen trozo de papel por encima del mostrador.

Ribsy gimió pero se estuvo quieto mientras Henry le cubría flojamente la cabeza y parte del cuerpo con el papel y lo ataba con la cuerda. El

perro resultó un paquete abultado, pero con un asa
en cada mano Henry lo pudo llevar a la parada de
autobuses. Creía que el chofer no lo iba a notar. Ya
estaba oscureciendo y un montón de gente, la
mayoría con paquetes, estaba esperando en la esquina. Unas cuantas gotas de lluvia salpicaron el
pavimento.

Esta vez, Henry sí se acordó de sus diez centavos. Como tenía las dos manos ocupadas, se
colocó la moneda entre los dientes y se paró detrás
de la señora de las manzanas. Ribsy se meneaba y
gemía, a pesar de que Henry trataba de acariciarlo
por encima del papel. Cuando el autobús paró, el
chico puso la bolsa en el piso rápidamente, echó su
moneda en la ranura, recogió la bolsa y se retorció
por entre el gentío hasta un asiento al lado de un
señor gordo casi al fondo del autobús.

—¡Ssss!— Henry dio un suspiro de alivio. ¡El
chofer era el mismo del primer autobús! Al fin,
Ribs iba en el autobús. Si ese perro pudiera
quedarse quieto, en unos quince minutos estarían
en casa y Ribsy sería suyo para siempre.

En la parada siguiente, Henry vio que Scooter McCarthy, del quinto grado de su escuela, subió al autobús y se abrió paso entre el gentío hasta el fondo.

Qué suerte la mía, pensó Henry. Apuesto a que quiere saber qué hay en mi bolsa.

—Hola,— dijo Scooter.

—Hola,— dijo Henry.

—¿Qué llevas en esa bolsa?— preguntó Scooter.

—No te metas en lo que no te importa,— contestó Henry.

Scooter miró a Henry. Henry miró a Scooter. La bolsa hizo crac, crac, crac. Henry trató de sujetarla más fuertemente entre las rodillas.

—¡En la bolsa hay algo que se mueve!— dijo Scooter en tono acusador.

—¡Cállate, Scooter!— dijo Henry entre dientes.

—¡Bah, cállate tú!— dijo Scooter. —¡Tú llevas en esa bolsa algo que se mueve!

Para entonces los pasajeros del fondo del auto-

bús tenían los ojos puestos en Henry y su bolsa.
Crac, crac, crac. Henry trató de acariciar de nuevo
a Ribsy por encima del papel. La bolsa crujió aún
más duro. Luego le dio por menearse.

—Anda, dinos qué hay en la bolsa,— lo trató de
persuadir el señor gordo.

—N-n-na- nada,— dijo Henry tartamudeando.
—Es algo que me encontré.

—Tal vez es un conejo,— sugirió un pasajero.
—Me parece que está pataleando.

—No, es muy grande para ser conejo,— dijo
otro.

—Apuesto a que es un bebé,— dijo Scooter. —
¡Apuesto a que secuestraste a un bebé!

—¡No, no!

Ribs se puso a gemir y después a aullar. Crac,
crac, crac. Pum, pum, pum. Arañando, Ribsy se
escapó de la bolsa.

—¡Ay, caramba!— exclamó el señor gordo y se
echó a reír. —¡Caramba!

—Ah, es un perrillo flaco,— dijo Scooter.

—¡Nada de eso! Es un buen perro.

Henry trató de sujetar a Ribsy entre las rodillas. El autobús se bamboleó al doblar una esquina y siguió cuesta arriba. Henry fue a dar contra el señor gordo. El perro, asustado, se alejó de él, meneándose, retorciéndose entre los pasajeros, y se dirigió al frente del autobús.

—¡Ven, Ribsy, mi viejo! Ven para acá,— lo llamó Henry y se fue detrás de él.

—¡Uy! ¡Un perro!— chilló la señora de las manzanas. —¡Vete, vete, perrito!

Ribsy estaba asustado. Trató de correr y chocó contra la señora de las manzanas. La bolsa se fue de lado y las manzanas salieron rodando hacia el fondo del autobús, que iba subiendo trabajosamente una cuesta empinada. Las manzanas rodaban entre los pies de los que iban parados. Los pasajeros se resbalaban y se deslizaban. Se les caían los paquetes y se agarraban unos a otros.

¡Cataplum! A una chica de secundaria se le cayó una brazada de libros.

¡Ras! ¡Pam! ¡Cataplum! A una señora se le cayó una enorme bolsa de papel. La bolsa se rompió y calderos y cazuelas salieron rodando.

¡Pum! Un hombre soltó una manguera enrollada. La manguera se desenrolló y pronto la tuvieron los pasajeros alrededor de las piernas.

Había gente sentada en el piso. Había unos sentados sobre libros y manzanas. Hasta había unos sentados en las rodillas de otros. Unos tenían el sombrero tapándoles la cara y los pies para arriba.

¡Criiii! El chofer metió los frenos y se dio vuelta en el asiento justamente cuando Henry se había abierto paso por entre libros, manzanas y manguera para atrapar a Ribsy.

El chofer se echó la gorra hacia atrás. —Bueno, hijito,— le dijo a Henry. —¡Ya sabes por qué no se permiten perros en los autobuses!

—Sí, señor,— dijo Henry en voz bajita. —¡Lo siento mucho!

—¡Que lo sientes mucho! ¿De qué sirve? ¡Mira este autobús! ¡Mira a todo el mundo!

—Yo no lo hice con mala intención,— dijo Henry. —Mi mamá me dijo que me podía quedar con el perro si lo llevaba a casa en el autobús.

El señor gordo empezó con una risita entre dientes, luego más duro; después se rió fuerte y después a carcajadas. Se rió hasta que las lágrimas le bañaban la cara y todos los otros pasajeros también se echaron a reír, hasta el señor de la manguera y la señora de las manzanas.

El chofer no se rió. —¡Sujeta a ese perro y sal del autobús!— ordenó. Ribsy gimió y metió su colita entre las piernas.

El señor gordo dejó de reír. —Oiga, señor chofer,— dijo, —Ud. no puede echar al chico y su perro a la calle con esta lluvia.

—Bueno, no se puede quedar en el autobús,— replicó el chofer.

Henry no sabía qué hacer. Se imaginó que tendría que irse a pie de allí a su casa. Y no estaba seguro de que iba a hallar el camino en la oscuridad.

En eso se oyó una sirena. Se oía más y más fuerte hasta que paró justamente al lado del autobús.

Un policía se asomó a la puerta. —¿Va en este autobús un chico llamado Henry Huggins?— preguntó.

—¡Ay, ay, ay, te van a arrestar por meter un perro en el autobús!—dijo Scooter contento y malicioso. —¡Apuesto a que te llevan preso!

—Es . . . yo,— dijo Henry en voz bajita.

—*Soy* yo,— corrigió la señora de las manzanas, que había sido maestra de escuela y no podía dejar pasar la oportunidad de corregir a los chicos.

—Pues ven con nosotros,— dijo el policía.

—¡Vaya la que te van a da!— dijo Scooter.

—Que te van a *dar,*— corrigió la señora de las manzanas.

Henry y Ribsy salieron del autobús y siguieron al policía hasta el carro patrulla. Henry y el perro se sentaron en el asiento de atrás.

—¿Me va Ud. a arrestar?— preguntó Henry algo tímido.

—Bueno, no sé. ¿Crees tú que te debería arrestar?

—No, señor,— dijo Henry con toda cortesía. Él se imaginaba que el policía estaba bromeando, pero no estaba seguro. A veces era difícil entender a los mayores. —Yo no lo hice con mala intención. Es que tenía que llevar a Ribsy a casa. Mi mamá me dijo que me podía quedar con él si lo llevaba en el autobús.

—¿Qué crees tú?— le preguntó el policía a su compañero que conducía el carro patrulla.

—Bueee-no, me parece que por esta vez lo podemos dejar libre,—contestó el chofer. —Si su mamá llamó a la policía, debe ser que está muy preocupada y no creo que lo quiera ver preso.

—Sí, ya está atrasado para la cena. Vamos a ver si llegamos a casa lo más rápido posible.

El chofer presionó un botón y la sirena echó a sonar. Ribsy levantó la cabeza y se puso a aullar. Las llantas sorbían agua del pavimento y los limpiaparabrisas salpicaban. A Henry le iba gustando el asunto. ¡Qué bueno para contar a los muchachos de la escuela! Los automóviles se hacían a un lado para que el carro de la policía pasara más rápidamente. Hasta el autobús en que había ido Henry tuvo que hacerse a un lado y parar. Henry saludó a los pasajeros. Ellos contestaron el saludo. El carro de la policía fue cuesta arriba y dobló la esquina a toda velocidad hasta que llegaron a la calle Klickitat y de allí a la cuadra de Henry. Se detuvieron en frente de su casa.

La mamá y el papá de Henry estaban parados en el portal esperándolo. Los vecinos estaban asomados a las ventanas.

—¡Bueno!— le dijo su papá después que se fue el policía. —Ya era hora de que regresaras a casa. ¡De modo que éste es Ribsy! Ya he oído hablar de ti, socio, y hasta te tenemos un hueso y una lata de "Polvo Matapulgas".

—Henry, ¿qué *harás* después de esto?— suspiró su mamá.

—Ay, mami, yo no hice nada. Sólo traje al perro en el autobús, como tú me dijiste.

Ribsy se echó y se puso a rascarse.

CAPÍTULO DOS

Olominas
a granel

TODAS LAS TARDES, después de clase, Ribsy
esperaba a Henry bajo un abeto en la esquina del
patio de la escuela. Cuatro días a la semana se iban
corriendo por el camino más corto, pasando por el
parque, cuesta arriba y a través de un solar vacío.

Ah, pero los viernes se iban caminando por el
camino largo, pasando por la botica de Rose City,
el supermercado, la barbería "Ideal" y la tienda de
animalitos "Can Feliz". Entraban a la tienda y
Henry le compraba dos libras de carne de caballo
al Sr. Pennycuff.

A Henry le gustaba ir a esa tienda. Las vitrinas
siempre estaban llenas de perritos y gatitos y,
antes de la Pascua Florida, conejos, pollitos y pa-

titos. Adentro había, por lo general, un loro o un mono y una vez hasta hubo un zorrillo* desodorizado. Henry se imaginaba que sería muy divertido que un zorrillo lo siguiera a uno por todas partes, pero cuando supo que costaba cuarenta dólares, cambió de idea.

Pero lo que más le gustaba a Henry eran los peces. Un lado de la tienda estaba lleno de hileras e hileras de peceras. En cada acuario había plantitas verdes que crecían bajo el agua, caracoles y

*una mofeta

una clase distinta de pez tropical. Henry siempre
se paraba a observar todas las peceras. Le gustaban
los angelotes con rayas negras y plateadas, del tamaño de una moneda de dólar, y los peces luna
anaranjados, de una pulgada, con sus aletas y colas
aterciopeladas. Se divertía muchísimo observando
los bagrecitos, porque permanecían en el fondo de
la pecera, volvían los ojos y con sus barbillas como
bigotes palpaban la arena en busca de comida. El
Sr. Pennycuff le había explicado que los peces eran
de todas partes del mundo pero que la mayoría era
de los ríos de las selvas tropicales donde el agua es
cálida. Por eso es que se les llama peces tropicales.

Un viernes cuando Henry fue a la tienda del Sr.
Pennycuff vio un letrero que decía:

OFERTA ESPECIAL

1 par de olominas
1 pecera
1 caracol
1 planta acuática
1 paquete de alimento de peces
TODO POR 79¢

—¡Vaya!— dijo Henry. —¡Todo eso por 79¢! Se fijó en los peces de las peceras. En cada pecera había un pez de color gris plateado como de dos pulgadas de largo y un pez más pequeñito con todos los colores del arco iris. —¡Tremendo baratillo!

—¡Ya lo creo!— dijo el Sr. Pennycuff. — ¿Quieres que te envuelva un par?

Henry se tanteó el bolsillo. Todavía tenía la moneda de dólar que le había regalado su abuelito. El chico observó al pececito de arco iris perseguir al plateado y en el acto supo que tenía que tener un par de olominas. Al fin y al cabo, era su propio dinero el que iba a gastar. Los pondría sobre la cómoda de su cuarto. Los pececitos permanecerí- an en su cuarto y nadarían tranquilamente en la pecera. No veía él ningún motivo para que su mamá se opusiera a dos pececitos calladitos que no ladraban ni ensuciaban ni nada.

—Me llevo un par,— le dijo Henry al Sr. Pen- nycuff. Éste cubrió la boca de la pecera con papel encerado y una liga elástica y la puso en una bolsa mientras Henry lo observaba.

—Oye, asegúrate de poner la pecera junto a un calentador cuando haga frío; de lo contrario, los pececitos se pasman y les da ictio.

—¿Ictio?— preguntó Henry.

—Sí, ictio. Es la forma abreviada de *ictiofti-riasis*. Cuando los peces se pasman, contraen ictio y se cubren de manchitas blancas.

—Ay, Dios,— dijo Henry. A lo mejor la cría de olominas era más complicada de lo que se había imaginado.

—Bah, no te preocupes,— le dijo el Sr. Pen-nycuff. —Aguantan hasta sesenta grados. Si en la casa hiciera tanto frío, pondrían la calefacción.

El asunto le pareció fácil. —¿Cada cuánto tiempo hay que cambiar el agua?— preguntó Henry.

—No, nunca tienes que cambiar el agua porque los caracoles la mantienen limpia. Dales sólo una pizquita de comida a los pececitos una vez al día. Cuando los peces no se comen la comida, o cuando hay demasiados juntos en una pecera, entonces es cuando se ensucia el agua.— El Sr. Pennycuff le dio a Henry su vuelto.

—Yo no sabía eso,— dijo Henry. —Me alegro de que me lo haya dicho. Toma, Ribsy.— El chico le dio a Ribsy el paquete de carne de caballo. — Hoy tienes que llevar tu carne de aquí a la casa. Y no te vayas a parar y tratar de comértela antes de llegar. Te tiene que alcanzar para varios días.

Ribsy meneó la cola y salió trotando con su carne por delante de Henry. Henry trató de caminar sin zarandear el paquete. No quería sacudir las olominas más de lo necesario. Cuando Ribs estuvo a media cuadra de distancia de Henry, soltó el paquete y le echó un vistazo a Henry. Luego empezó a romper el papel de la carne.

—¡Oye! ¡Déjate de eso!— gritó Henry, al tiempo que corría. Pero el agua de la pecera empezó a salpicar y tuvo que detenerse.

Para mayor seguridad, Ribsy recogió su carne, trotó media cuadra más y acabó de romper el papel.

—¡Basta! ¡Perro . . . perro infeliz!— Henry intentó correr otra vez. Ahora sujetó la pecera directamente al frente, pero, aún así, el agua salpicaba. Ribsy se tragó un pedazo de la carne y siguió trotando hacia adelante con el resto en el hocico. Justamente cuando Henry se le había acercado casi lo suficiente para alcanzar la carne, Ribsy arrancó a toda velocidad.

—¡Ribsy! ¡Ven acá, he dicho!— El perro no le hizo caso a Henry. —¡Ésta me la vas a pagar!— Henry estaba furioso de verdad y puso su paquete con las olominas en la acera y corrió tras el perro. Esta vez Henry sí lo alcanzó.

Henry le echó mano a un canto de la carne y le dio un tirón. El perro, dando gruñidos que le salían del fondo de la garganta, se aferró al otro canto y dio su tirón. El perro podía agarrar la carne mejor que el chico porque le podía clavar los dientes. Henry descubrió que la carne cruda era fría y resbaladiza.

—¡Te he dicho que sueltes la carne!

Los gruñidos de Ribsy se hicieron más fero-

ces. Sonaba
resuelto. Mien-
tras más tirones
daba Henry, más
fuertes eran los
gruñidos de Ribsy.

Henry estaba convencido de que Ribsy no lo iba a morder, pero, por si acaso, él sabía que no es recomendable molestar a un animal cuando está comiendo. En fin, no se podía quedar allí toda la tarde luchando por un pedazo de carne de caballo. Sus olominas se podían enfriar.

—¡Está bien, perrillo! Anda no más y come, a ver si me importa. Lo que te va a pasar es que vas a comer carne de lata el resto de la semana.— Regresó donde había dejado sus olominas mientras Ribsy devoraba el resto de la carne y se relamía. Luego, con la panza abultada, el perro se fue despacito detrás de Henry lo que faltaba para llegar a casa.

Cuando llegaron a la casa de Henry en la calle Klickitat, Henry abrió la puerta y gritó: —¡Hola, mami! Ven a ver lo que compré con el dólar que me dio abuelito.

—Me da miedo ir a ver,— contestó su mamá desde la cocina. —¿Qué es esta vez?

—Peces.

—¿Peces?— La Sra. Huggins parecía sorprendida. —¿Quieres pescado para la cena?

Henry llevó su paquete a la cocina. —No, mami, es que no entiendes. No son pescados. Son peces nadando en una pecera. Se llaman olominas.

—¿Olominas?

—Sí. Son dos nada más. Y los voy a poner en mi cómoda y no van a ser estorbo de ninguna clase. Los tenían en baratillo en la tienda de animalitos. Fueron una ganga. ¿Ves, mami?— Henry sacó la pecera de la bolsa con mucho cuidado.

La Sra. Huggins soltó la papa que estaba pelando. —¡Ay, qué pececitos tan lindos, Henry!

—Me imaginé que te iban a gustar,— dijo Henry complacido. Su mamá se acercó más a la pecera. —Pero, Henry, ¿qué son esos puntitos oscuros que hay en el agua?

—¿Qué puntitos oscuros?— Henry se acercó más para ver.

—Ay, son bebés pececitos,— exclamó la Sra. Huggins. —Debe haber de 15 a 20.

—¡Bebés olominas!— Henry estaba encantado. —Mira, mami, ¿tú has visto alguna vez pececitos tan chirriquiticos? Ay, son tan chiquitos que casi lo único que se les ve son los ojos y la cola.

La Sra. Huggins dio un suspiro. —Henry, me temo que no serán pececitos chirriquiticos mucho tiempo. Van a crecer y entonces, ¿qué harás con ellos?

—No sé. Le preguntaré a papá,— dijo Henry preocupado. — Tal vez él sabe algo sobre olominas.

Pero cuando el Sr. Huggins regresó del trabajo, Henry se llevó un chasco porque su papá no sabía ni lo más mínimo sobre las olominas. —¿Por qué no vas a la biblioteca y sacas un libro sobre olominas?— le sugirió el señor a su hijo.

La Sra. Huggins dijo que aún había tiempo antes de la cena, de modo que Henry buscó su tarjeta y con Ribsy corrió hasta la biblioteca.

—Hola, Henry,— dijo la señora de la sección infantil. —¿Quieres otro libro sobre gengatis y rogos?

Se trataba de un chiste entre la bibliotecaria y Henry. Cuando Henry empezó a leer cuentos de hadas, o sea, sin que nadie se los leyera, una vez devolvió un libro y pidió otro sobre gengatis y rogos. Ahora le parecía una tontería, aunque, para sus adentros, sonaba mejor decir gengatis y rogos que gigantes y ogros.

—No, quiero un libro sobre olominas,— contestó Henry. —Tengo unos bebés olominas y no sé cómo cuidarlos.

La bibliotecaria encontró un libro sobre pasatiempos con un capítulo sobre peces, pero no tenía mucho sobre olominas. —Espera un momentito, Henry,— le dijo. —Tal vez hay algo en la sección de adultos.— Regresó con un libro grueso sobre peces tropicales que tenía muchísimas fotos a colores.—Estoy segura de que éste te va a servir,—

le dijo, —pero me temo que es demasiado difícil de leer para ti. Yo te lo dejo sacar con tu tarjeta si crees que tu mamá o tu papá te pueden ayudar.

—Oh, sí, mi papá me va a ayudar.

La bibliotecaria marcó el libro en la tarjeta, y Henry, orgulloso de tener un libro de adultos marcado en su tarjeta de biblioteca, corrió a su casa con él.

Después de la cena, el Sr. Huggins se sentó a leer el libro sobre peces mientras Henry se fue a su cuarto a observar sus olominas. Esta vez contó treinta y ocho bebés. Un poco más tarde su papá fue al cuarto con el libro en la mano. —Este libro es interesantísimo, Henry, pero vas a necesitar más peceras. De acuerdo con lo que dice aquí, no se deben tener tantos peces en una sola pecera.

—Pero, papi, ¿dónde voy a conseguir más peceras?

—A lo mejor conseguimos algo en el sótano.

Así, pues, Henry y su papá escudriñaron el

sótano hasta que encontraron un galón vacío que la
Sra. Huggins usaba para encurtir pepinillos.

—Esto sirve,— dijo el Sr. Huggins. Llevaron el
galón arriba y lo lavaron. El Sr. Huggins lo llenó
de agua caliente y lo llevó al cuarto de Henry. —
Cuando el agua se enfríe podemos poner aquí unas
de las olominas chiquitas. No pueden vivir en agua
fría acabada de salir del grifo. Necesitan agua que
se ha estancado o agua caliente que se ha enfriado.
Mientras se enfría, podemos hacer una red.— El
señor encontró un pedazo de alambre y lo torció
hasta darle la forma de un círculo. Con una media
vieja que la Sra. Huggins cosió al alambre, hicieron una redecita.

Henry y su papá se turnaron para atrapar a los
pececitos en la red y ponerlos en el galón. Henry
se sorprendió de que unos peces tan pequeños
nadaran tan rápidamente.

Desde la mañana siguiente, Henry observaba a
sus olominas apenas se levantaba. Cuando re-
gresaba de la escuela observaba a sus olominas

antes de ir a la cocina en busca de algo de comer. Sus peces crecían y crecían. Pasaron las semanas y las olominas grandes tuvieron más olominas chiquitas. Las olominas chiquitas crecieron y se convirtieron en olominas grandes y tuvieron sus propias olominas chiquitas. Henry tenía centenares de olominas. Ya no podía encontrar más tarros de encurtido, así que tuvo que usar tarros de un cuarto de galón que su mamá usaba para frutas. En un cuarto de galón no cabían muchos peces.

Henry tenía tarros en la cómoda. Tenía tarros en su mesita de noche. Puso tarros en el suelo por todo el rededor de su cuarto. Cuando ya tenía una hilera de tarros alrededor de todo el piso, empezó otra hilera.

—Por el amor de Dios, Henry,— dijo su mamá, —dentro de poco no vas a poder dar un paso aquí.

—Si te quedas con todas las olominas,— dijo su papá, —¡para fines de año vas a tener más de un millón de peces en tu cuarto!

—¡Cáspita!— dijo Henry. —¡Un millón de

peces en mi dormitorio! ¡Tremendo cuento para contar en la escuela!

Con el comienzo de las vacaciones de verano, Henry se puso muy contento. El dar de comer a sus peces le demoraba tanto que ya no tenía tiempo de jugar con los otros chicos de la calle Klickitat. Gastaba todo su estipendio en alimento para peces, caracoles y plantas para sus tarros. Si creía que la noche iba a ser fría, dormía con las ventanas cerradas. No iba a permitir que se enfermaran sus peces si el asunto estaba en sus manos.

Los chicos y las chicas del vecindario se pasaban el día entero tocando el timbre para ver los peces de Henry.

Un día su mamá dijo: —Henry, esto no puede seguir así. Tienes que salir de algunos de esos peces. Tendrás que regalárselos a tus amigos.

Henry le tenía tanto cariño a todos los peces que no podía saber cuál le gustaba más. Eran todos tan vivarachos, nadando de un lado a otro en los tarros de frutas. Henry no se imaginaba cómo podía desprenderse de ninguno, pero ahora que ya iba por la tercera hilera de tarros alrededor de su cuarto, decidió hacer el intento. Les preguntó a sus amigos del vecindario si querían unos cuantos peces.

Scooter dijo que él no tenía tiempo para cuidar peces. Él repartía el periódico "Compras y Baratillos" dos veces por semana.

Mary Jane dijo que su mamá no la dejaba tener peces. La mamá de Mary Jane era una persona muy exigente.

Robert dijo que él prefería ir de visita a ver los peces de Henry y no tener que cuidar olominas en su casa.

Al fin, Beezus dijo que ella quería uno. El verdadero nombre de Beezus era Beatrice, pero su hermanita Ramona la llamaba Beezus y ahora todo el mundo la llamaba así. Beezus y Ramona ya tenían un gato, tres ratas blancas y una tortuga, de modo que un pez no era mucho más. Henry tardó muchísimo en decidir cuál de las olominas le iba a regalar.

Una mañana la Sra. Huggins regresó del supermercado con tres canastas de melocotones* en el asiento trasero del carro. Cuando Henry la ayudó a sacarlos, le dijo: —Henry, anda al sótano y tráeme unos veinte tarros de un cuarto. Estos melocotones están tan maduros que quiero hacerlos conserva inmediatamente.

Henry fue al sótano. No regresó con veinte tarros sino tan sólo con cuatro. —Esto fue todo lo que encontré, mami,— le dijo.

—¡Ay, Dios, y uno está rajado!— La Sra. Huggins miró las tres canastas de melocotones. Luego miró a Henry. —Henry,— le dijo, y por la forma

* abaricoques, chabacanos

en que lo dijo ya él sabía que, fuera lo que fuera, había que hacerlo, —anda a tu cuarto y tráeme diecisiete tarros. Y no me vayas a traer tarros con olominas.

—Sí, mamá,— dijo Henry con voz obediente. Se fue a su cuarto y miró los tarros con olominas. Viendo tantos, no pudo más que estar de acuerdo con que tenía demasiados. ¡Pero eran tan graciosos! Se puso de rodillas para mirar a sus peces.

—¡Henry!— lo llamó su mamá. —Ya estoy sacando las semillas de los melocotones. ¡Te vas a tener que dar prisa!

—Está bien.— Henry tomó su red y se puso a atrapar las olominas más pequeñitas. Lo único que podía hacer era ponerlas con las otras. Lo hizo sin ganas porque el libro decía que los peces no debían estar amontonados. Cuando las olominas estaban con las otras, llevó los tarros a la cocina y vació el agua en el fregadero.

—Lo siento mucho, Henry,— le dijo su mamá, —pero, como ya te dije antes, no debiste seguir metiendo olominas en los tarros de frutas.

—Yo lo sé, mami. Me imagino que tengo que encontrar otra cosa.— Henry se pasó el resto de la mañana dando de comer a los peces. Tenía que poner la pizquita más chirriquitica del alimento de peces más fino en cada tarro. Y oía a Robert y Beezus jugando de vaqueros en el solar vacío. Ribsy llegó trotando al cuarto, lo observó unos minutos, y salió a la calle. ¡Cómo le hubiera gustado a Henry poder estar al aire libre también, pero no podía dejar a sus pececitos con hambre!

Después, esa misma tarde, la Sra. Huggins fue al centro a recoger al Sr. Huggins a la salida del trabajo. Cuando regresaron, Henry vio que su papá llevaba más canastas de melocotones a la cocina; y tuvo el presentimiento de lo que iba a suceder.

Eso mismo fue lo que sucedió.

—Henry,— dijo su mamá, —me temo que te tengo que pedir más tarros de frutas.

Henry dio un suspiro. —No me queda más remedio que apiñarlos un poco más.— Ya iba para su cuarto cuando se regresó. —Oye, mami, ¿vas a hacer conservas de otras cosas este año, además de melocotones?

—Sí, tomates y peras. Y creo que a lo mejor vamos a Mount Hood a cosechar moras. A ti te gusta el pastel de moras en el invierno, ¿no?

Seguro que a Henry le gustaba el pastel de moras, en cualquier época del año. Se fue a su cuarto y sacó más olominas. Tomates, peras y moras. Sabía que su mamá iba a necesitar todos los tarros de frutas antes del fin del verano. En esa forma, iba a quedar con su pecera original y el galón de pepinillos.

—Oye, mami,— gritó. —¿También vas a encurtir pepinillos?

—Sí, Henry.

Hasta ahí llegó el tarro de encurtidos. Para fines del verano, Henry tendría que meter los cientos de peces que tenía en ese momento, y sabe Dios cuántos más, en la pecera original. No habría espacio para el agua con tantos peces.

Así se acabó el asunto. Henry decidió salir de

todas su olominas. Le dolía mucho tener que hacerlo, pero si se quedaba con sólo un par, pronto estaría en las mismas. Sería muy agradable poder volver a jugar al aire libre. Henry decidió llevar sus peces, uno por uno, a la tienda de animalitos "Can Feliz". Tal vez el Sr. Pennycuff podría tener otro baratillo.

Henry estaba tratando de atrapar una olomina con su red cuando su papá entró al cuarto y enseguida le dijo a su papá los planes que tenía. —Te aseguro que me duele tener que hacerlo,— se lamentó, —pero no puedo tener un millón de olominas en mi dormitorio.— El chico miró sus olominas con mucha lástima.

—Lo sé, Henry. A mí también me duele que los peces se vayan, pero esto se está poniendo incontrolable. Te diré lo que debes hacer. Atrapa todas las olominas y ponlas en el tarro de encurtidos. No les va a pasar nada por estar amontonadas un ratito. Apenas cenamos, yo te llevo rapidito a la tienda de animalitos en el carro.

Henry empacó sus peces con mucha tristeza y después de la cena él, su papá y Ribsy se metieron en el carro y fueron a la tienda de animalitos. A Ribsy le encantaba pasear en el carro.

—Le traje un montón de olominas,— le dijo Henry al Sr. Pennycuff. —Ojalá que le sirvan.

—¡Que me sirvan!— exclamó el Sr. Pennycuff. —Seguro que sí. No he tenido una sola olomina en esta tienda desde aquel baratillo. Vamos a ver.

Mientras Henry desempacaba su tarro de encurtidos, su papá miraba los acuarios de peces tropicales que estaban junto a la pared.

—Chico, sí que tienes olominas,— dijo el Sr. Pennycuff. —Y están tan bonitas y saludables. Seguro que las has cuidado muy bien.— El señor puso el tarro contra la luz y lo miró muy cuidadosamente. Estaba repleto de olominas grises, olominas arco iris y bebés olominas de todo tamaño, nadando por todos lados. —Mmm. Vamos a ver. Bueee-no.— El Sr. Pennycuff seguía con los ojos clavados en los peces.

Henry no podía comprender por qué el señor se estaba diciendo algo entre dientes. Él le había dado las olominas al Sr. Pennycuff; ahora sólo quería que le devolviera el tarro de encurtidos para poderse ir.

—Bueno, bueno,— dijo el Sr. Pennycuff. —Me parece que estos peces valen unos siete dólares. ¡No te puedo dar el dinero en efectivo pero puedes escoger siete dólares en lo que quieras de la tienda!

¡Siete dólares! El asombro pasmó a Henry. ¡Siete dólares en lo que quisiera de la tienda! ¡Eso era una fortuna! Él había estado tan preocupado pensando en cómo salir de sus olominas que no se le había ocurrido que podían tener mucho valor para el Sr. Pennycuff.

—¡Papá! ¿Oíste? ¡Siete dólares!— gritó Henry.

—Claro que oí. Empieza a mirar.

—Escoge lo que quieras, hijito. Collares de perros, gatitos, semillas para pájaros. Lo que sea.

Henry trató de decidir qué le gustaría. Ribsy

tenía un collar, una correa y un plato, de modo que no necesitaba nada. Miró los gatitos. El rótulo decía: "Gatitos. Un dólar cada uno". Eran graciosísimos, pero Henry decidió no gastar sus siete dólares en gatos. Ribsy los perseguiría.

—¿No tiene Ud. zorrillos por siete dólares?— preguntó Henry esperanzado.

—No, no he tenido zorrillos durante mucho tiempo.

—Yo me alegro de eso,— dijo el Sr. Huggins.

Henry miró los peces tropicales y luego miró por toda la tienda. Regresó a los peces tropicales. Se paró a observar a un bagrecito que estaba muy ocupado escarbando en la arena. De repente, a Henry le pasó por la cabeza que lo único que quería de toda la tienda eran más peces.

—¿En mi pecera se puede tener un bagrecito?— le preguntó al Sr. Pennycuff.

—No, hijito, ésos tienen que estar en agua cálida. Necesitan un calentador eléctrico y un termostato en el agua para que ésta se mantenga a la temperatura apropriada.— Levantó dos tubos de vidrio largos. Uno parecía como que estuviera lleno de arena y el otro, de alambres. —Mira, esto es lo que se necesita. Caben en las esquinas de un acuario, así, y mantienen el agua cálida constantemente.— Puso ambos tubos en la esquina de un acuario pequeño que había sobre una mesa.

—¿Cuánto cuesta eso?

—El acuario, tres dólares; y el calentador y el termostato salen a cuatro. En total, son siete dólares.

Henry se sintió desilusionado. —No me quedaría dinero para el bagre y lo único que quiero de veras es más peces.

—¿Sabes una cosa, Henry? Yo estaba deseando que dijeras lo que acabas de decir, —dijo su papá.— A mí me dolió ver ir a esas olominas tanto como a ti. Si tú compras el acuario, el calentador y el termostato, yo te compro el pez.

—¡Ay, papi, qué bueno! ¡Vamos a llevar un bagrecito!— Entonces, una idea le pasó a Henry por la mente: —¿Los bagres tienen tantos bebés como las olominas?— le preguntó al Sr. Pennycuff.

—Ay, no, no. Es muy raro que los bagres tengan bebés cuando están en los acuarios. Generalmente los tienen cuando viven libres en lagos y ríos.

—¡Magnífico!— dijo Henry. —Ésa es la clase de pez que queremos. ¡La sorpresa que se va a llevar mamá!

CAPÍTULO TRES

Henry y las lombrices de tierra

CUANDO HENRY regresó de la escuela un viernes por la tarde a fines de septiembre, sacudió todo el dinero que tenía en la bolsita de canicas— monedas de cinco, de diez y de un centavo—en su sobrecama. Por todos los gastos que había tenido, no le quedaba mucho. Apenas encontró a Ribsy, había pagado por la licencia de perro y le había comprado un collar. Naturalmente que no quería que su perro tuviera que comer de un plato astillado, de modo que gastó sesenta y nueve centavos en un plato de plástico rojo con letras grandes que decían PERRO. Esto casi que acabó con sus ahorros. Había gastado su moneda de dólar en las olominas y todo su estipendio para mantenerlas. Después había vendido las olominas por siete dólares y había gastado los siete en un acuario y un termostato para el bagre.

Esta mañana durante el desayuno su papá le había dado sus veinticinco centavos semanales. Además de eso, tenía seis centavos ahorrados del estipendio de la semana anterior. También tenía cinco centavos que se había encontrado en el parque. Y sus diez centavos canadienses. Podría, tal vez, gastar esa moneda, pero no tenía ningunas ganas de gastarla después de haberla guardado casi un año. A lo mejor algún día haría una colección de monedas. Con los diez centavos canadienses, tenía cuarenta y seis centavos, sin contar los nueve centavos que podría obtener por tres botellas de leche vacías que había encontrado en un solar vacío cuando venía de la escuela.

Pero todo esto no era suficiente.

A Henry le hacían falta trece dólares con noventa y cinco centavos, más cuarenta y un centavos para el impuesto.

Henry necesitaba todo ese dinero porque quería

comprar un balón de fútbol —un balón de verdad, de una tienda de artículos deportivos, no un balón de juguete de un almacén cualquiera. Esta vez quería un balón de cuero de vaca genuino, cosido con hilos de nailon y adornado con tiritas de gamuza. Todos los chiquillos de la calle Klickitat querían uno.

Cuando Henry estaba mirando todo el dinero regado en su cama, oyó a alguien que llamaba: — ¡He-e-en-ry!

Henry se asomó a la puerta. Scooter McCarthy estaba parado en el portal. Henry se sorprendió porque Scooter no venía a jugar con él muy a menudo. Era un chico de quinto grado y más grande que Henry. La sorpresa de Henry fue mayor cuando vio lo que Scooter tenía en las manos: ¡un balón de fútbol de verdad, de cuero de vaca, cosido con hilos de nailon y adornado con tiritas de gamuza!

—Hola, Scoot,— dijo. —¡Caracoles! ¿De dónde sacaste ese balón de fútbol?

—Mi abuelita me lo mandó para mi cumpleaños,— contestó Scooter.

—¡Tu abuelita!— Henry no lo podía creer. — Mi abuelita me manda suéteres y calcetines.

—Mi abuelita me manda buenos regalos. Ven a lanzar unos pases conmigo.— Scooter le dio unos puñetazos al balón. Sonaba como un tambor.

Henry tenía unas ganas tremendas de tocar el cuero. Cuando los chicos y Ribsy se fueron a la acera, Scooter se alejó un poco y le lanzó el balón a Henry. El balón le pegó a unas ramas que colgaban sobre la acera pero Henry lo agarró. Le gustó cómo se sentía cuando lo tocó. Y olía a cuero nuevo. Henry lo acarició antes de lanzárselo a Scooter. El balón volvió a pegarle a la rama.

—Fíjate,— dijo Scooter, —si yo me voy al otro lado de la calle y nos lo lanzamos de un lado al otro, no golpeamos los árboles.— Se metió el balón bajo el brazo como si corriera las noventa yardas para anotar puntos, y echó una carrera al otro lado de la calle.

¡Paf! El balón voló a las manos de Henry. Hizo un ruido sonoro, justamente la clase de ruido que un buen balón de fútbol debe hacer. Henry lo lanzó del otro lado de la calle. *¡Paf!* Scooter lo agarró. El balón iba de un lado a otro hasta que las manos de Henry le empezaron a picar por el roce del cuero.

—Lánzamelo una vez más,— gritó Scooter, —y después nos vamos al solar vacío a hacer práctica de puntapiés.

A Henry le hubiera gustado llevar el balón, pero, después de todo, era de Scooter. Lo apretó firmemente y lo echó sobre el hombro. Esta vez iba a lanzar un pase perfecto, como los de los jugadores "All American" de los noticiarios.

Cuando el brazo iba hacia adelante, Ribsy dio un ladrido de repente. Henry miró a Ribsy, pero el movimiento del brazo siguió. El balón se le zafó de los dedos.

En ese instante un carro se asomó zumbando por la esquina. Scooter gritó: —¡Cuidado!

Pero fue demasiado tarde. Henry no pudo hacer nada. El carro que corría no bajó la velocidad. Durante un terrible momento Henry pensó que el balón iba a darle al chofer. Pero no, lo que pasó fue que entró por la ventanilla trasera del carro, rebotó contra la ventanilla del otro lado que estaba cerrada y cayó adentro. El carro siguió en su carrera y chirrió al doblar la esquina en dos ruedas.

¡El balón desapareció!

Los chicos siguieron al carro con la mirada. La sorpresa de Henry fue tal que se quedó parado con un brazo en alto; y cuando por fin se acordó de bajarlo, todavía se hallaba sin habla.

—¡Mi balón de fútbol!— exclamó Scooter. Dejó de seguir al carro con la mirada y miró a Henry. —Mi balón está en ese carro.

—Sí, creo que sí,— dijo Henry muy incómodo. Y luego, esperanzado: —Tal vez el hombre del carro lo va a traer dentro de un ratito.

—Más vale que lo haga,— dijo Scooter sombríamente.

Los dos se sentaron al borde de la acera a
esperar.

—¡Chico, apuesto a que ese hombre iba a
ochenta millas por hora!— dijo Henry.

—Yo ni siquiera le pude ver el número de la
placa.

—Lo deberían arrestar,— dijo Henry, que estaba ansioso de hablar de cualquier cosa menos del
balón de Scooter.

—Así como va puede matar a cualquiera,— dijo
Scooter.

Los chicos esperaron y esperaron. Mientras más

esperaban, más furioso se veía Scooter. —Yo creo que ese carro no va a regresar,— dijo por fin. — Tú tienes la culpa. Tú lanzaste el balón.

—Sí, lo sé,— admitió Henry, —pero no fue culpa mía sino de Ribsy que ladró y ese carro que vino precisamente en ese momento.

—No lo debiste lanzar,— dijo Scooter en tono muy serio.

—No pude hacer nada más,— contestó Henry también muy serio. —Yo no vi el carro sino hasta después que lancé el balón. No lo podía agarrar después que lo había lanzado, ¿no?

—¡A mí no me importa! Si ese estúpido perro tuyo no hubiera hecho tanta bulla, tú hubieras oído el carro que se acercaba. Ni siquiera estaba ladrándole a nada. Tú perdiste mi balón nuevecito y me vas a tener que comprar uno nuevo. Si no, te . . . te, . . .—Scooter no estaba seguro de lo que haría, de modo que no terminó la frase.

Henry no sabía qué decir. No le parecía justo que se le echara la culpa. Pero la verdad era que hacía media hora Scooter tenía un balón de fútbol nuevecito. Ahora no lo tenía . . . y Henry había sido el último en tenerlo en las manos.

—Tengo cuarenta y seis centavos y tres botellas de leche que te puedo dar,— dijo Henry esperanzado. Le dolía casi tanto como a Scooter que el balón hubiera desaparecido.

—Eso no es suficiente,— dijo Scooter. —Tendrás que comprarme un balón nuevo antes del sábado que viene, o si no se lo digo a mi papá, y él se lo dice a tu papá, y entonces te va a costar bien caro.

Henry sospechaba que Scooter tenía razón. Lo más seguro es que le costaría. Una vez había roto accidentalmente un patín de otro chico, y su papá lo había regañado y lo había hecho gastar su estipendio para que lo arreglaran. —Está bien,— dijo. —Te voy a conseguir un balón nuevo. No sé cómo, pero de algún modo me las voy a arreglar.

Henry dio la vuelta y se fue despacito a su casa. Ribsy lo seguía. —Fíjate lo que has hecho,— dijo Henry, —después que yo gasté la plata que tenía para mi balón en una licencia, un collar y un plato para ti.— Ribsy bajó la cabeza.

Ahora Henry se hallaba mucho más lejos de tener su propio balón de fútbol, de cuero de vaca genuino, cosido con hilo de nailon y adornado con tiritas de gamuza que hacía media hora. El resto de la tarde y durante la cena lo pasó muy quieto. Estaba absorto en sus pensamientos.

—¿Otro pedazo de pan de jengibre?— le preguntó su papá.

—No, gracias,— dijo Henry distraído. —Con permiso.

—¿Qué, Henry, no te sientes bien?— dijo la Sra. Huggins sorprendida. Henry por lo general se comía dos pedazos de pan de jengibre y hasta tres, si ella se lo permitía.

—Oh, no, estoy bien,— dijo Henry y salió a sentarse en los escalones de la entrada. Ribsy se echó en el escalón más abajo de Henry y se puso a dormitar con la cabeza a los pies de Henry.

—Ah, mi buen perrucho, aunque me hayas metido en este lío,— dijo Henry.

Se puso a escuchar el chis chis de la regadera de césped en el jardín de al lado y a pensar en cómo iba a ganarse los trece dólares con noventa y cinco centavos en una semana. Estuvo pensando largo rato.

Podría recoger pedacitos de papel de aluminio. No, eso le tomaría demasiado tiempo. Los chatarreros no querían los montoncitos de papel de aluminio de los paquetes de cigarrillos. Lo que querían eran pedazos grandes y ésos eran difíciles de encontrar.

A lo mejor les podía pedir a los vecinos revistas y periódicos viejos. No, la semana anterior ya él había recogido todo lo que había para la campaña de recolección de periódicos de su escuela. Además, los chatarreros pagaban sólo medio centavo por libra.

Podría poner una venta de limonada en el parque, pero las ventas de limonada eran cosa de chiquitines. En realidad, las mamás y los papás eran los únicos que compraban limonada.

Podía cobrar cincuenta centavos por cortar céspedes. Esto le daría un dólar por cada dos céspedes. Tendría que cortar veintiocho céspedes para ganar trece dólares con noventa y cinco centavos. Aun en caso de que pudiera conseguir los veintiocho céspedes, no se imaginaba de dónde iba a sacar el tiempo después de la salida de la escuela.

Ya se estaba haciendo más oscuro y Henry aún estaba inmóvil en los escalones pensando y escuchando el chis chis de la regadera. Chis chis. Chis chis. En eso, el Sr. Héctor Grumbie, que vivía al lado, salió de su casa y cortó el agua. El Sr. Grumbie le caía bien a Henry, pero en cuanto a la Sra. Grumbie no estaba muy seguro. Ella regaba "Espantaperros" en sus arbustos y Ribsy detestaba ese olor.

Henry notó que el Sr. Grumbie tenía una linterna en la mano y un tarro de fruta de un cuarto en la otra. El Sr. Grumbie puso el tarro en la acera, caminó en puntillas sobre el césped, alumbró la grama, se inclinó y se abalanzó sobre algo.

Luego lo recogió y lo puso en el tarro. Henry no pudo ver lo que era porque estaba demasiado oscuro.

Cuando el Sr. Grumbie se abalanzó de nuevo, no puso nada en el tarro. Henry lo oyó decir entre dientes: "Uf, ése se me escapó".

Henry no pudo aguantar más. Tenía que averiguar qué estaba haciendo el Sr. Grumbie. Cruzó el césped de su casa y observó atentamente por sobre los rosales.

—Si te acercas más,— dijo el Sr. Grumbie, — más vale que vengas en puntillas. No quiero que se asusten y se ahuyenten.

—¿Que se asusten y se ahuyenten? ¿Quiénes?— preguntó Henry.

—Las lombrices de tierra,— dijo el Sr. Grumbie.

—¡Lombrices de tierra!— exclamó Henry. — ¿Qué son lombrices de tierra?

—Pues, lombrices . . . animales de la familia de los gusanos— dijo el Sr. Grumbie. —Son bien

grandes. ¿Me
vas a decir que
has vivido aquí
todo este tiempo

y no has visto una lombriz de tierra?

—No, nunca las he visto,— contestó Henry. —
¿De qué tamaño son?

—Como de siete a diez pulgadas, más o menos.

—¡Ay, Dios!— A Henry le parecía esto increíble. —¡Diez pulgadas de largo! Yo ni sabía que
había lombrices tan grandes.

—Mira ésta.— El Sr. Grumbie se abalanzó y
enfocó a una con la luz de su linterna. Era una
lombriz bien grande y gorda, por lo menos de
nueve pulgadas de largo y del grueso de un lápiz.

—¡Caracoles!— dijo Henry. Increíble pero
cierto. El Sr. Grumbie la metió en el tarro.

—¿Ud. las usa para pescar?— preguntó Henry.

—Sí, para eso mismo.— El Sr. Grumbie se abalanzó otra vez.

—¿Qué pesca?

—Ciertas clases de trucha, salmón, perca, bagre
. . . distintas clases de pescado. Mañana por la
mañana voy a pescar salmón en el río Columbia.

Henry se puso a pensar. —¿Ud. siempre atrapa
las lombrices de noche?

—Sí. Es que salen sólo de noche cuando la
tierra está mojada. Primero le doy una buena re-
gada al césped y así salen a la superficie. Luego las
enfoco y las atrapo rápido antes de que tengan
tiempo de meterse de nuevo a la tierra.

La Sra. Grumbie se asomó al portal y llamó al
esposo. —Héctor, si quieres que te tenga el almuerzo listo para irte de pesca a las tres de la
mañana, anda a la tienda a comprar pan antes de
que cierren.

—Está bien. Un minutito.— Cuando su esposa
se metió en la casa, el Sr. Grumbie le dijo a
Henry: —¿Qué tal te gustaría ganarte un dinerito?

—¿Atrapando lombrices? ¡Por supuesto que sí!

—Te pago un centavo por cada lombriz que
atrapes.

—¡Caracoles!— dijo Henry. —¡Un centavo por cada una! ¿Cuántas quiere?

—Todas las que me puedas traer. Si yo no las necesito, hay otros a quienes sí les pueden servir.— Le dio a Henry el tarro y la linterna, se montó en el carro y se fue.

¡Un centavo por cada una! Un dólar tiene cien centavos, de modo que necesitaría mil trescientas noventa y cinco lombrices para pagar el balón de fútbol. ¡Y cuarenta y una lombrices para el impuesto!

Henry se fue por detrás de los rosales y caminó en puntillas sobre el césped. A causa del "Espantaperros", Ribsy se quedó al otro lado de los rosales. Henry prendió la linterna y justamente frente a él estaba el cantito de una lombriz grande y gorda. Pero cuando Henry se agachó para atraparla, ya había desaparecido.

Se fue por el césped en puntillas hasta más lejos y prendió la linterna otra vez. Ahora se movió más rápido. Agarró el cantito de la fría y escurridiza lombriz. El otro extremo ya estaba bajo tierra. Henry dio un tirón y la lombriz dio un tirón. La lombriz se estiró. Se hizo más larga y delgada hasta que se desprendió de la mano de Henry y desapareció bajo tierra.

—¡Uf!— dijo Henry.

La próxima vez anduvo más rápido. Saltó sobre la lombriz antes de que ninguno de los dos cantitos se hubiera podido meter bajo tierra. ¡La atrapó! Ahí va un centavo, pensó.

Después resultó más fácil. Atrapó casi todas las otras al primer zarpazo. En poco rato había atrapado sesenta y dos lombrices. Pero pronto descubrió que se estaban agotando. O era que había atrapado todas las lombrices del jardín del Sr. Grumbie o que habían sentido los pasos y se habían retirado por esa noche. Y no había ganado lo suficiente para pagar el balón de fútbol.

Justamente cuando Henry pensaba dónde hallaría más lombrices, el Sr. Grumbie regresó de la tienda. —Le atrapé sesenta y dos lombrices,— le dijo Henry.

—¡Sesenta y dos! ¡Fantástico!— El Sr. Grumbie se metió la mano en el bolsillo y sacó un montón de sencillo. Escogió una moneda de cincuenta centavos, una de diez y dos de un centavo y se las dio a Henry.

—Muchas gracias,— dijo Henry con toda cortesía. Ojalá que hubiera podido atrapar más lombrices.

El Sr. Grumbie iba para su casa y se paró. — Oye, Meñique,— le dijo a Henry, que ya iba de regreso por los rosales, —te voy a proponer una cosa. El domingo por la mañana me voy de pesca con un montón de amigos de la logia. Vamos muchos y podemos usar todas las lombrices que tú puedas atrapar. Mañana por la noche tú puedes ir con alguien que te ayude y atrapar una buena cantidad para todos nosotros.

—Claro que sí,— dijo Henry ansiosamente. — Le atraparé cientos de lombrices.

—¡Magnífico! Las podemos usar todas,— contestó el Sr. Grumbie mientras se iba para su casa.

Henry se sentó en los escalones de su casa otra

vez. Como necesitaba tanto dinero, sabía que tendría que atrapar todas las lombrices él solo. Eso quería decir que iba a necesitar mucho césped mojado. Su mamá se contentaría, y hasta se sorprendería, de que él regara el césped, pero con el césped de su casa y el de los Grumbie no había suficiente. Tal vez podría pedirles a todos los de su calle que regaran sus jardines el sábado por la noche. Sin embargo, si hacía eso, Beezus y Robert y todos los otros chiquillos iban a querer saber lo que él estaba haciendo. Henry tenía miedo de que ellos también quisieran ganar su dinerito atrapando lombrices. Estaba seguro en cuanto a Beezus. Ella era la clase de chica a quien le gustaba atrapar lombrices.

Henry se sentó en los escalones deseando tener terrenos enormes de césped mojado. Pensó largo rato en millones de verdes hojas de hierba con lombrices grandes y gordas asomándose por entre ellas. ¡El parque! Por supuesto, ¡el parque! Quedaba a unas pocas cuadras y como este año había hecho más calor que de costumbre, la grama del parque la regaban todos los días. Si su mamá le diera permiso para acostarse después de las nueve, él sabía que podría atrapar suficientes lombrices para pagar el balón de fútbol.

Henry se fue a la sala, donde su mamá estaba tejiendo una media de lana.

—Mami, ¿me puedo acostar más tarde mañana por la noche?— Henry le contó todo a su mamá.

Su mamá dejó de tejer. —Henry,— dijo dando un suspiro, —¿cómo es que tú siempre te metes en todos esos líos?

—Ay, bueno,— dijo Henry, —yo no hice nada. Sólo lancé el balón y . . .

—Sí, ya me lo dijiste,— lo interrumpió su mamá. —Sí, puedes empezar mañana por la noche, pero, por el amor de Dios, Henry, después de esto, hazme el favor de tener más cuidado con las cosas de los demás.

El sábado fue un día de mucha ansiedad para Henry. No quería encontrarse con Scooter, pero también quería ir al parque para estar seguro de que estaban regando la grama. Lo malo era que tenía que pasar frente a la casa de Scooter para llegar al parque. Se fue por el lado contrario, pero Scooter estaba en el jardín del frente apretando la cadena de su bicicleta.

Éste le hizo un gesto con el puño a Henry y gritó: —¡Tú me consigues ese balón o te doy duro!

—¿Tú y quién más?— contestó Henry también a gritos y siguió andando. Cuando llegó al parque sintió mucho alivio al oír el chis chis de las regaderas y ver que el agua rociaba la grama. Se ganaría trece dólares con noventa y cinco centavos antes de acostarse esa noche.

Esa noche Henry no esperó el postre. Le pidió prestada la linterna a su papá y con varios tarros que habían sido de mayonesa corrió cuesta arriba hasta el parque. Hacía calor esa noche y las canchas de tenis y la piscina estaban bien iluminadas. Apenas empezaba a oscurecer, pero Henry deseaba que ya estuviera lo suficientemente oscuro bajo los arbustos para empezar a atrapar lombrices. No podía darse el lujo de perder tiempo.

Pasó el campo de juegos donde oyó a unos niños

gritando y el clic y el clac de los aros y los columpios. Henry no se detuvo. Tenía mucho trabajo por delante. Se fue al extremo del parque donde no había luces y prendió su linterna. Justamente, allí en la grama bajo un matorral había una lombriz. Henry la atrapó y la puso en el tarro. Después atrapó otra. Y otra y otra y otra. Cuatrocientas treinta y una, cuatrocientas treinta y dos, cuatrocientas treinta y tres. Henry estaba cansado de saltar. Henry estaba harto de lombrices.

Cuando apagaron las luces de la piscina, Henry todavía estaba trabajando. Cuando apagaron las luces de las canchas de tenis, Henry no soportaba las lombrices. Pero siguió. Cuando había sumado la lombriz número mil ciento tres a su colección, oyó a alguien que llamaba: —¡Henry! ¡Henry! ¿Dónde estás?— Era su mamá.

—Aquí estoy.— Cuando Henry se enderezó para descansar su dolorida espalda, vio a su mamá y su papá caminando por la vereda.

—Dios mío, Henry,— exclamó la Sra. Huggins.
—¿No has atrapado esas lombrices todavía? No te

puedes quedar solo en el parque toda la noche.

—Pero, mami, no tengo suficientes lombrices para pagar el balón de Scooter. Y le prometí comprarle uno nuevo esta semana. Tengo mil ciento tres lombrices y necesito mil trescientas treinta y una en total. Yo tenía un dinerito guardado y anoche me gané otro poquito.

—Vamos a ver. Necesita doscientas veintiocho más. Eso no debe tardar mucho,— dijo el Sr. Huggins a la Sra. Huggins. —Después de todo, él lo prometió. Vamos a ayudarle.

De modo que Henry, su mamá y su papá se agacharon y saltaron juntos. Henry se sintió un poquito incómodo al ver a su mamá atrapando lombrices, pero se puso contentísimo cuando la lombriz número mil trescientos treinta y uno estaba en el tarro. Llevó sus tarros de lombrices al Sr. Grumbie, quien le pagó trece dólares con treinta y un centavos. Viéndolo echar las lombrices en una caja llena de tierra para mantenerlas vivas, Henry se dijo que jamás en la vida quería ver otra lombriz.

Se tocó el dinero en el bolsillo. —Creo que esto debe ser suficiente para el tal Scooter,— se dijo, y deseando poder gastarlo en su propio balón, se fue a su casa a dormir.

El domingo por la mañana Henry estaba tendido boca abajo en el piso de la sala, leyendo las historietas cómicas antes de que su mamá y su papá despertaran. Generalmente se levantaba más temprano pero esa mañana había estado tan cansado por lo de las lombrices, que durmió hasta más tarde de lo normal.

El timbre sonó y el Sr. Huggins, que estaba leyendo la sección deportiva y tomando café, soltó el periódico y fue a la puerta.

Henry oyó a un desconocido preguntar: —Disculpe, ¿pero podría Ud. decirme de quién es este balón de fútbol?

Henry no esperó a que su papá contestara. Corrió a la puerta.

¡El señor tenía en la mano el balón de Scooter, de cuero de vaca genuino, cosido con hilos de nailon y adornado con tiritas de gamuza!

—¡Caracoles!— dijo Henry. —¡Ése es el balón de Scooter McCarthy que se me perdió a mí!

El señor se lo dio a Henry. —Siento mucho que no pude parar cuando el balón cayó en mi carro. Tuve que llevar a mi esposa al hospital a toda carrera. Yo hubiera regresado antes, pero es que no podía dejar solos a los niños.

—Está bien,— dijo Henry. —Un millón de gracias por traérmelo.

Cuando el señor se fue, Henry le enseñó el balón a su papá. —Mira, papi,— le dijo, —ésta es la clase de balón de fútbol que voy a comprar con el dinero que me gané con las lombrices.— Entonces se metió el balón debajo del brazo como si fuera a correr las noventa yardas para anotar puntos y salió a toda carrera para la casa de Scooter.

CAPÍTULO CUATRO

La verde
Navidad

HENRY estaba muy contento de sentarse en la fila al pie de las ventanas en el salón número cuatro porque podía estar pendiente de si caían copitos de nieve. Aunque su papá dijo que este año probablemente tendrían una Navidad verde, Henry todavía deseaba que cayera nieve. Estaba seguro de que en el paquete escondido detrás de unas cajas en el garaje estaba el trineo que él quería, un verdadero "Volador Ondulante".

Sentado en su pupitre mirando las nubes por si había señas de nieve, escuchaba a la Srta. Roop hablando de la presentación de Navidad y pensando que él ya había participado en suficientes piezas teatrales en un solo semestre.

En septiembre había sido el segundo indio en una obra para la unidad sobre la expansión americana hacia el Oeste. Eso no había estado tan mal. Se había puesto

en la cabeza una pluma sacada de un plumero y se había vestido con una cobija que su mamá le dejó llevar a la escuela. Su papel había sido fácil porque todo lo que tenía que decir era "¡uf!" El primer indio y el tercer indio también decían "¡uf!" Una vez los tres dijeron "¡uf!" al mismo tiempo.

Después, en noviembre Robert cayó con paperas justamente antes de la Semana del Libro. A última hora, Henry tuvo que ponerse la larga barba de algodón y leer el papel de Robert, uno de los siete enanitos de una pieza llamada "Cuentos favoritos personificados". No era que la obra le llamara la atención a Henry, pero al menos no tuvo que aprenderse nada de memoria ni ensayar mucho. Durante la función tuvo que parar la lectura varias veces para sacarse de la boca pedazos de la barba.

Su peor papel había sido en un programa de la Asociación de Padres y Maestros durante la Semana Nacional de Cepillarse los Dientes. Ése había sido un día repugnante para Henry. En primer lugar, tuvo que ponerse sus mejores pantalones y una camisa blanca para ir a la escuela y mantenerse limpio todo el día. Luego perdió la práctica de fútbol porque la reunión era después de clase. Lo peor de todo fue que tuvo que pararse frente a las mamás y las maestras, hacer la venia y recitar:

Don Colmillo a mí me llaman.
Soy el mejor mordedor.
Cepíllame mañana y noche
y conservaré el blancor.

Después de eso, los muchachos lo llamaron don Colmilludo durante muchísimo tiempo.

Ahora la Srta. Roop estaba hablando de una comedia de Navidad que se titulaba "Una visita a Santa Claus". Era sobre una mamá y un papá y sus dos hijos que fueron a visitar a Santa Claus en el Polo Norte el día de Nochebuena. La obra le parecía a Henry una completa estupidez. Al final resultaba que el niño había soñado todo el asunto. A Henry no le gustaban los cuentos que acababan con que eran el sueño de alguien.

La Srta. Roop dijo: —Como toda la escuela va a participar en la presentación, no habrá papeles para todo el mundo en este salón.

Eso está bueno, pensó Henry, y se deslizó en el asiento para que la Srta. Roop no lo viera.

La Srta. Roop continuó. —Richard, Arthur, Ralph y David van a ser cuatro de los renos de Santa Claus. Los otros cuatro los van a escoger en el salón número cinco.— ¡Hasta el momento, Henry estaba a salvo! Se quedó bajito en el asiento sólo para estar seguro.

—Mary Jane, a ti te toca el papel de la muñeca bailarina. Beezus . . . digo . . . Beatrice, tú vas a ser la muñeca de trapo.— Los papeles de las chicas. Henry se sentía más a salvo. —Robert, tú vas a ser el gran perro canelo.— La Srta. Roop continuó. Todos los chiquillos se rieron.

—Gr-r-r-r. ¡Jau, jau!— dijo Robert. Los chiquillos se rieron otra vez.

Cuando la Srta. Roop empezó a distribuir las hojas de papel, Henry se imaginó que ya había llegado al fin de la lista. Se sentó derecho en su asiento y miró por la ventana al cielo. Se veía más oscuro. Pueda que haya nieve antes de Navidad, después de todo. Estaba contento de que no se tendría que quedar en la escuela después de la hora de salida para ensayar "Una visita a Santa Claus". Quería hacer muñecos de nieve y lanzar bolas de nieve ya que, naturalmente, su mamá y su papá no le iban a dar su "Volador Ondulante" antes de Navidad. Cuando tuviera su trineo, quería deslizarse por la loma de la calle 33.

La Srta. Roop, con una hoja de papel en la mano, se paró frente a los alumnos otra vez y sonrió en dirección de Henry. Por si acaso estuviera sonriéndole a él, Henry se deslizó otra vez muy ligerito en el asiento.

Sí que le estaba sonriendo a él. Dijo ella: —Y la mejor parte de todas es para Henry Huggins. Henry, tú eres el más bajito del salón número cuatro, de modo que a ti te toca el papel de Timmy, el nene que soñó toda la historia.— La clase entera se rió a carcajadas.

¡Un nene! Esto era peor que peor. ¡A nadie se le olvidaría jamás ese papel de nene! Lo de don Colmillo había sido horroroso, pero un nene . . . los chicos nunca dejarían de tomarle el pelo. —Srta. Roop,— dijo Henry desesperadamente, —en los grados más bajos hay niños más chiquitos que yo. ¿No podría uno de ellos hacer ese papel?

—No, Henry. Todos los niños de segundo y tercero se van a necesitar para el coro de osos polares y los de primer grado son muy chiquititos

para aprenderse un papel tan grande.— Le dio a
Henry la hoja de papel con su parte. Habían
sacado tantas copias al carbón que el papel del-
gadito estaba muy borroso y casi no se podía leer.

Henry distinguió lo siguiente:

ACTO I. La escena es en el dormitorio de Timmy.
Timmy lleva piyamas. Entra la mamá de Timmy.

LA MAMÁ DE TIMMY: Apúrate y acuéstate, Timmy.
Esta noche es Nochebuena y los niños buenos deben
estar dormidos cuando llega Santa Claus.

TIMMY: Está bien, mamá. (Timmy se acuesta. Su
mamá lo arropa y le da un beso y las buenas noches.)

LA MAMÁ DE TIMMY: Buenas noches, Timmy. Que
sueñes con los angelitos. (Sale y cierra la puerta.)

TIMMY: Jaah. ¡Ay, qué sueño! ¿Qué me traerá Santa
Claus en ese paquete? Creo . . . trataré . . . de . . . estar
. . . despierto. (Se duerme.)

Henry dio un gemido. Esto era peor de lo que
él se esperaba. ¡Piyamas! ¡Un beso y las buenas
noches! ¿Se imaginaban que él se iba a parar en
piyamas en el escenario frente a todas las muchachas de la escuela? ¿Y a dejarse besar por una
idiota de octavo grado que se suponía era su
mamá? Sólo pensarlo era horrible.

¡Tenía que escaparse de ésa! Ya Robert estaba susurrando del otro lado del pasillo: "¡Hola, nene!"

Henry no le hizo caso. Quizás haciendo ejercicios de estirarse durante una hora entera todas las mañanas crecería lo suficientemente rápido para no poder hacer el papel. No, eso no era el remedio. No había tiempo. Tendría que pensar en otra cosa.

Durante el resto de la tarde Henry no pudo concentrarse en la clase de estudios sociales. Estaba demasiado ocupado pensando en hallar la manera de no hacer el papel de Timmy, el nene. Cuando sonó la campana, sacó su gorra y su impermeable del ropero. Fue el primero en salir del salón número cuatro y el primero en salir de la escuela.

Ribsy estaba esperándolo bajo el abeto, amparándose de la lluvia. —Vamos, Ribsy,— gritó Henry, —¡vámonos primero que los demás!

Pero no anduvo lo suficientemente rápido. Beezus, Robert y Scooter venían ahí seguidito. —¡Hola, Timmy!— le gritaron. —¿Cómo está el nenito?— Entonces empezaron a cantar "¡Henry es el ncnito! ¡Henry es el nenito!"

Henry anduvo más despacio. —¡Ya, cállense!— les gritó. —Todos Uds. se creen muy listos, pero no lo son. ¡Tú eres una muñeca de trapo y tú, un perro canelo. Y apuesto a que Scooter es algo también estúpido!

—A mí no me pescan en ninguna comedia,— dijo Scooter con arrogancia. —Yo estoy en el equipo de tramoyistas. Me toca subir el telón, encender las luces, pintar el escenario y cosas por el estilo.

Mary Jane apareció dando brincos por la calle, saltando sobre los charquitos de la acera. —¡Aquí viene la muñeca bailarina!— gritó Henry.

—Sí,— dijo Mary Jane sonriendo con todo orgullo. —Me pondré mis zapatillas de ballet nuevas y mi vestido de tafetán rosado de fiesta y me haré rizar el cabello.

Los otros chicos estaban desilusionados. No podían tomarle el pelo a Mary Jane si ella quería ser la muñeca bailarina. Esto le dio una idea a Henry. Esperó hasta que Scooter dijo: —Apuesto a que el nenito se verá graciosísimo en piyamas. ¿Te vas a poner las que traen sus mediecitas pegadas, nenito?

—Bah, tú estás celoso porque a ti no te dieron un papel tan importante como el mío. ¡Yo tengo el papel más importante de toda la obra!

—¡No te hagas el gracioso!— Scooter se rió. — Yo no me aprendería todo ese papel y andaría en piyamas frente a un montón de gente aunque me pagaran un millón de trillones de dólares!

Fue una buena idea pero no dio resultado. Henry tendría que pensar en otra cosa. A lo mejor podría hacerse el enfermo. No, eso no. Su mamá lo haría quedarse en cama y si por casualidad nevaba, trendría que quedarse en la cama mientras los otros chicos estaban deslizándose por la loma de la calle 33.

Cuando Henry llegó a su casa en la calle Klickitat, decidió no decir nada acerca de la comedia ni a su mamá ni a su papá; esperaría hasta después de arreglar las cosas. Saludó a su mamá, que estaba escribiendo una carta a máquina, y luego se fue a la cocina a prepararse una merienda con mantequilla de maní,* mermelada, condimento de pepinillos y galletas graham. Le untó mantequilla de maní a una galleta y se la dio a Ribsy. Luego se recostó en la refrigeradora a comer y a pensar.

Tac tac tac hacía la máquina. Henry se preparó otro bocadillo. Tac tac tac. Oyó que su mamá sacó el papel de la máquina. Luego la oyó irse al dormitorio. La máquina de escribir . . . ¡ya está!

—Oye, mami, voy a usar la máquina.

—¿*Me permites* usar la máquina?

—¿Me permites usar la máquina?— preguntó Henry pacientemente.

—Sí, Henry, pero no le des muy duro.

Henry se tragó su galleta con mantequilla de maní, mermelada y pepinillos. Se limpió los dedos en la parte de atrás de sus pantalones y se fue a la sala. Se sentó al escritorio, tomó una hoja de papel de la gaveta y la puso en la máquina. Pasó un rato

*cacahuate

pensando y luego se puso a escribir. La máquina no hacía tac tac tac como con su mamá. Sólo hacía un tac y después de una larga pausa mientras él buscaba la otra letra hacía otro tac. Tenía que acordarse de que hay que presionar una tecla extra para la mayúscula.

Henry trabajó largo rato. Por suerte, su mamá no puso atención a lo que él estaba escribiendo. Tac. Tac. Tac. Por fin terminó. Sacó el papel de la máquina y leyó:

eEstimada sSrta, rrOOp?
    T$engga la bpndaf de xcuzar a henry de la *opar bpátt* Obra/! pOrkque Tiene muchho trrabhajo en la casa;.
                    aΛtenbtamente;
                    al sSra, hHuggins

Bueno, pues, esto no le parecía lo que él había creído. Las mayúsculas no estaban donde debían estar. Él sabía que *mucho* no se se escribe con dos *h* ni *atentamente* con una *b*. Sus dedos simplemente se habían posado en las teclas que no eran. Henry rompió la carta en pedacitos y los tiró a la

chimenea. Metió otro papel en la máquina y em-
pczó otra vez. Tac. Tac. Tac. Cuando la segunda
carta estuvo terminada, decía:

EStimada srTA, rOop.
TEnga la bombad de ezcudar a Henry De la obra
^Porquue tIene *muééhó* ~~mucho~~ mucho ttrabajo enla casa/
Aatentamente:
la SRa; hUggins

Henry la examinó. Esas mayúsculas otra vez. O
fue que le dio a la tecla antes de tiempo o muy
tarde. ¿Quién sabría lo que es la palabra *ezcudar*?
¿O *enla*? Sus dedos no presionaban las teclas de-
bidas. No, la carta no era un producto perfecto.
Henry rompió la segunda también y la tiró en la
chimenea. Tendría que pensar en alguna otra cosa.

Cuando empezaron los ensayos, el día siguiente, después de la salida de clases, Henry aún
no había hallado la manera de escaparse.

La Srta. Roop dijo que ese día los chicos leerían
su papel, pero que la semana siguiente tendrían
que saberlo de memoria. —Henry, tú y Alice
salen al escenario primero,— dijo ella. Alice era la

muchacha de octavo grado que iba a hacer el papel de la mamá de Timmy. —Vamos, Henry, no pierdas el tiempo.

Henry subió los escalones del escenario todo encorvado. Del bolsillo de atrás sacó su hoja de papel, bien arrugada, y la miró. Decidió hacer ver que no podía leer lo que estaba escrito. A lo mejor si leía todo como no era, la Srta. Roop le daría el papel a otro.

Alice leyó: "Apúrate y acuéstate, Timmy. Esta noche es Nochebuena y los niños buenos deben estar dormidos cuando llega Santa Claus".

Henry se puso el papel casi pegado a la nariz, arrugó la frente y torció los ojos. No dijo "Está bien, mamá". Lo que dijo, después de arrugar la frente y darle vuelta al papel, fue "Ta bien, mama".

—¡Henry Huggins!— interrumpió la Srta. Roop. —¡Vas a leer lo que está escrito en ese papel!

—Pero, Srta. Roop, es que está tan borroso que casi no puedo entender lo que dice.

—Dame ese papel a mí.

Henry bajó del escenario todo jorobado y se lo dio. —Vamos, Henry, no está tan borroso que digamos. Sin embargo, como tú tienes un papel tan grande, mejor es que cambiemos.

Bueno, se acabó, pensó Henry. Ninguna de sus ideas le había dado resultado.

—Continúen,— ordenó la Srta. Roop.

El ensayo continuó. Para Henry, la cosa fue interminable de principio a fin. La maestra de música tocó la música de los cantos que se debían aprender para la semana siguiente. Henry descubrió que en el segundo acto tenía que pararse en el centro del escenario y cantar solito. El canto decía así:

> ¡Viva Santa Claus! ¡Viva San Nicolás!
> Por lo alto del cielo nos llega en trineo
> del helado norte, tierra de los renos,
> a darnos juguetes a mí y los demás.

Ése era el canto más bobo que Henry jamás había oído en su vida. ¡Viva Santa Claus! Eso era realmente estúpido. Se sintió un poquito mejor cuando supo que Robert tenía que cantar algo todavía más bobo con el título de "Guau, guau, yo soy un gran perro canelo".

A medida que se acercaba más la Navidad, la desilusión de Henry aumentaba. Todo el mundo en la escuela Glenwood lo llamaba "nenito". Su mamá y su papá se dieron cuenta de su papel en la obra porque Mary Jane se lo dijo a su mamá, y ella se lo dijo a la mamá de Henry. Tuvo que aprenderse su parte y recitarla todas las noches delante de su papá que leía y servía de apuntador. Casi que no le quedaba tiempo ni de ir al garaje a velar el paquete con el "Volador Ondulante", su trineo.

La Sra. Huggins fue al centro a comprarle un par de piyamas para que se pusiera en el primer acto. Era de franela con rayas rosadas, celestes y blancas. Para Henry, eso de ponerse piyamas era horroroso . . . ¡pero piyamas con rosado y celeste! Ni siquiera quería pensarlo.

Henry hacía fuerza al tragar todas las mañanas. Tenía la esperanza de que le doliera un poquito la garganta pero nunca le dolió. Al fin se dio por vencido. No había salida. Ahora lo único que quería era acabar con el asunto.

Una tarde durante el quinto período de clases Henry miró por la ventana y vio unos cuantos copitos de nieve cayendo poco a poco. Parecían plumas y eran tan ralos que al principio no estaba seguro de que fuera nieve. Cuando la Srta. Roop no estaba mirando, se inclinó más cerca de la ventana. ¡Era nieve de verdad! ¡Después de todo, no iba a ser una Navidad verde! ¡Ahora sí que iba a poder usar su trineo "Volador Ondulante"!

Los otros alumnos pronto notaron la nieve también y todo el mundo empezó a susurrar. La Srta. Roop sonrió y se hizo la que no oía. Tan pronto sonó la campana, todos los chicos corrieron por sus abrigos y salieron en carrera para ver la nieve . . . todos, menos los que tenían papeles en la obra. Ésos sacaron sus abrigos del ropero y fueron al auditorio.

El auditorio parecía una colmena. En un rincón había mamás de la Asociación de Padres y Maestros arreglando los disfraces para el coro de osos polares. Henry recordaba bien esos vestidos blancos. Él se había puesto uno cuando había hecho el papel de conejo de Pascua Florida en un programa de primavera. Ahora las mamás estaban soltando las largas orejas y colitas de motita y en su lugar estaban cosiendo orejas cortas y colas rectas para hacer disfraces de osos polares.

El equipo de tramoyistas estaba trabajando. Algunos de los chicos del octavo grado estaban prendiendo y apagando luces de diferentes colores. Detrás del escenario, Scooter, parado en un tablón entre dos escaleras, estaba haciendo decoraciones con pintura verde.

Henry se sentó a esperar su turno, mientras Mary Jane y Beezus ensayaban su baile y Robert, con su vestido de perro, practicaba a caminar en cuatro patas.

Henry esperó y esperó. Se sentó en la silla dura del auditorio y miró los copos de nieve por la ventana. Desde allí oía a los otros chiquillos riéndose y gritando afuera, de modo que tenía que haber nevado bastante para hacer bolas de nieve. Deseaba

que le llegara el turno para poderse ir. Ahora los
soldaditos de plomo practicaban sus pasos. Al final
del canto y baile de los soldados, uno de los tramoyistas tiró un balón de básquetbol al otro lado
del escenario frente a ellos. Esto era para hacer las
veces de un cañonazo con el cual los soldaditos de
plomo caían con una pierna en alto. A la Srta.
Roop no le gustaba la forma en que caían y los
había hecho repetir esa parte varias veces.

Henry dio una vuelta por el escenario detrás de
los soldaditos de plomo para ver a Scooter pintar
las decoraciones. —¿Me puedes decir qué repre-
senta lo que estás pintando?— le preguntó.

—Árboles— contestó Scooter. —Con pintura de verdad.

—¿De dónde sacaste esa pintura?

—El papá de un chico de mi salón tiene una tienda de pinturas y nos la regaló.

En ese preciso momento, Henry oyó un ladrido. Parecía el ladrido de Ribsy. *Sí* que lo era.
Ribsy saltó por la puerta del auditorio, corrió por
los escalones del escenario y se escurrió por entre
la fila de soldaditos de plomo hasta llegar donde
estaba Henry. Entonces se sacudió y meneó la
cola.

—¡Bien, Ribsy, mi amigo!— dijo Henry. —¿Te
cansaste de esperar en el frío?— Ribsy se sacudió
otra vez. Henry le dio unas palmaditas.

—¡Ay, Ribsy, estás empapado! ¡Debe estar nevando duro!

—¡Qué perro tan bobo!— dijo Scooter.

—Pues no. Es un perro muy listo. ¿No es
cierto, Ribsy?

—Apuesto a que no puede subir una escalera,
como mi perro,— dijo Scooter.

—Apuesto a que sí. Llámalo y verás.

Scooter miró al perro. —Ribsy, Ribsy, aquí,—
le dijo. —Sube, chico.— Ribsy lo miró y después
miró a Henry.

—Anda,— le dijo Henry. —Sube la escalera.—
Le señaló la escalera. Ribsy puso una pata en el
primer escalón. —¡Así, así, sigue!— Ribsy puso la
otra pata con cuidado en el siguiente escalón. —
¡Muy bien, cariño!— dijo Henry para darle ánimo.

—Aquí, Ribsy,— lo instaba Scooter. Con todo
cuidado, Ribsy llegó hasta el tablón que estaba
encima de las dos escaleras.

—¡Tremendo Ribsy!— dijo Henry. —¡Ves, yo
te lo dije!

Muy satisfecho de sí mismo, Ribsy miró hacia
abajo a su amo, meneó la cola y dijo "¡Guau!"

—¡Quieto!— le ordenó Henry en un susurro
fuerte. —¡Si la Srta. Roop te oye, te echa!

Ribsy se sentó en el tablón y miró alrededor del
auditorio.

—¡Lárgate!— dijo Scooter. —¿No ves que estoy trabajando?

—¡Aquí, Ribsy!— le susurró Henry. —Tú no
quieres que la Srta. Roop te vea, ¿verdad?

A Ribsy le gustó estar sentado en el tablón.

—Ves, yo te dije que era un perro bobo.— Scooter agarró su lata de pintura y le pasó por encima a Ribsy. Puso la lata en el tablón y siguió pintando las copas de los árboles.

—¡Aquí, Ribsy!

—¡Bah, es demasiado bobo para bajar la escalera!

—¡Que no es bobo! ¡Aquí, Ribsy!

Ribsy se levantó y olfateó la lata de pintura. — ¡Aquí, Ribsy! ¡Baja!— suplicó Henry mirando al perro. —Ven, cariño. Yo te recojo si la Srta. Roop te ve.

La Srta. Roop dio unas palmadas para llamar la atención. La música dejó de tocar y los soldaditos de plomo dejaron de caer.

—¿Cómo se metió ese perro aquí?

—Yo no sé,— contestó Henry. —Creo que entró caminando.

—¡Bueno, sácalo!

Henry no se movió.

—¡Rápido, Henry! Tenemos mucho que hacer.

—Ay, Srta. Roop, es que estoy tratando de sacarlo pero no quiere bajar.

—Yo lo bajo en brazos, Srta. Roop,— ofreció Scooter. —Yo creo que él no sabe bajar una escalera.

Henry le clavó los ojos a Scooter.

—No, es muy pesado para bajarlo en brazos. Te puedes caer,— dijo la Srta. Roop.

En ese momento, justamente, Ribsy se sentó a rascarse detrás de la oreja izquierda. Tap. Tap. Tap. Su pata trasera chocó contra la lata de pintura. La lata de pintura se volcó. Scooter gritó. Ribsy ladró.

—¡Henry! ¡Cuidado!— gritó la Srta. Roop.

La lata cayó y la pintura verde bañó a Henry.

—¡Uuuy!— dijo Henry cuando oyó a la Srta. Roop correr al escenario. La oía pero no la veía. Tenía que mantener los ojos cerrados. La pintura fría y aceitosa le chorreaba por la cara y el cuello. La sentía goteando de las orejas.

La Srta. Roop dio un chillido. Luego Henry la

sintió frotándole la cabeza con algo que parecía trapo.

—¡Corran y traigan más toallas de papel!— les dijo a los otros chicos. Le limpió la cara. —Yo sabía que no debería haber dejado a esos muchachos usar pintura de aceite. Deberían haber usado pintura de agua, la de hacer carteles. Ésa se hubiera podido lavar. Ay, Dios, me temo que tu camisa ya no sirve para nada.

Henry oyó a Ribsy ladrando. Cuando pudo abrir los ojos de nuevo, vio que todos los soldaditos de plomo, los osos polares y las mamás de la Asociación de Padres y Maestros lo rodeaban. La Srta. Roop empezó a frotarle el pelo con toallas de papel. —Oh, está bien,— le dijo a la Srta. Roop. — Es una camisa ya vieja.— Las toallas con que lo estaba limpiando le arañaban las orejas y el cuello.

Ribsy continuó ladrando y caminando de un lado a otro en el tablón mientras miraba a su amo allá abajo.

—¡Quieto, Ribsy!— le ordenó Henry.

Ribsy dejó de ladrar y miró el suelo con cierta inquietud. Luego miró a Henry. Antes de que Henry se diera cuenta de lo que estaba pasando, Ribsy saltó del tablón, voló sobre las cabezas de varios soldaditos de plomo y osos polares y aterrizó en cuatro patas en el charco de pintura. Se resbaló y se sentó.

—¡Ribsy!— dijo Henry con un gemido. Luego le dijo a Scooter: —Ves, que sí es listo, que bajó solo.

El perro empezó a ladrar y a correr alrededor de Henry, dejando un círculo de huellas verdes en el piso del escenario.

—Oh, Henry,— se lamentó la Srta. Roop y después dijo fuertemente: —Scooter, ¡saca a ese perro de este edificio! Y llévalo en brazos. ¡No quiero que me deje huellas verdes en los pasillos!

—Sí, Srta. Roop.— Scooter se llevó arrastrado al perro que seguía ladrando.

Mary Jane se abrió paso por entre el gentío para ver a Henry. —¡Henry Huggins!— exclamó. —

¡Espera a que te vea tu mamá! ¡Tienes el pelo y la piel verdes!

Beezus se rió. —¡Henry, tienes la cara como una manzana verde!

—Henry, me temo que esto no te va a salir durante mucho tiempo,— dijo la Srta. Roop.

Alguien le dio un espejo a Henry. —¡Caracoles!— dijo Henry con un suspiro. Se miró en el espejo. Tenía el cabello y las cejas de color verde pálido. La cara la tenía toda verde en la frente y con rayas verdes hacia las mejillas. Las orejas las tenía totalmente verdes. —¡Ay, caramba! ¡Orejas verdes!— No podía despegar los ojos del espejo. Para sus adentros, se veía fascinante. Parecía un duende de cuentos de hadas. ¡Ojalá que ahora los chiquillos dejaran de llamarlo "nenito"! Eso le dio una idea.

—Srta. Roop, yo no puedo aparecer en la obra si estoy todo verde, ¿no es cierto?— preguntó lleno de esperanza.

La Srta. Roop dio un suspiro. —No, Henry, me

parece que no.— Lo miró. Luego sonrió. —¡Le daré tu papel a otro y tú puedes hacer el papel del duende verde! Ahora, vete rápidamente a tu casa.

¡El duende verde! Ése era un buen papel. El duende verde daba volteretas y no tenía que decir ni una palabra.

Henry se puso el impermeable y la gorra y salió a la nieve. Había caído suficiente para que crujiera bajo sus pies. Recogió un poco y se la tiró a Ribsy que estaba esperando bajo el abeto. La nieve estaba perfecta para deslizarse por la loma de la calle treinta y tres cuando su mamá y su papá le dieran la sorpresa del trineo "Volador Ondulante" para Navidad. Mientras tanto, haría muñecos de nieve en el jardín del frente. A lo mejor haría una familia entera de nieve. Hasta un perro de nieve.

—Ribsy querido. No sé qué haría yo sin ti.— Sacó su pañuelo y limpió un poco de pintura verde de la cola del perro.

Después Henry siguió unas grandes huellas en

la nieve. Daba pasos largos y ponía los pies con cuidado dentro de las huellas que había dejado alguien en la nieve. —¡Caracoles!— exclamó. — Voy a tener una Navidad verde y una Navidad blanca al mismo tiempo. ¡La sorpresa que se va a llevar mamá!

CAPÍTULO CINCO

El perro
rosado

CUANDO HENRY despertó un lunes por la mañana en la primavera, lo primero que pensó fue: faltan cinco días para el sábado. El martes lo primero que pensó fue: faltan cuatro días para el sábado. El miércoles, le parecía que el sábado no iba a llegar nunca.

Todo empezó cuando Henry y Ribsy hicieron su viaje semanal a la tienda "Can Feliz" a comprar carne de caballo.

—¡Vaya, aquí están Henry y Ribs!— exclamó el Sr. Pennycuff. —¿Ya tienes tu boleta de inscripción para el concurso de perros?

—¿Qué concurso de perros?— preguntó Henry.

111

—¿No sabes? El Departamento de Parques va a tener un concurso de perros en el parque el sábado que viene. Chicos y chicas de hasta dieciséis años pueden inscribir sus perros. La empresa de alimentos "Guau-Guau" va a dar los premios. Toma una boleta y llénala. Un perro tan fino como Ribsy, seguro que gana un premio.

Ribsy meneó la cola.

—Bueno,— dijo Henry dudoso, —él es un perro buenísimo pero no es de ninguna raza pura. Lo que quiero decir es que no es ni cócker, ni buldog ni nada parecido.

—Eso no importa en este concurso. No más toma esta boleta y llénala. Mira, aquí hay lugar para perros de raza cruzada como Ribs.

—Mil gracias,— dijo Henry. —Creo que la voy a llenar.

Tomó su boleta y dos libras de carne de caballo y con Ribsy corrió de ahí hasta su casa.

Cuando llegaron a la calle Klickitat, Henry vio a Scooter y Robert jugando con una pelota. Mary Jane, Beezus y Ramona, su hermanita, estaban

bajo un sauquillo, removiéndolo para que les caye-
ran pétalos blancos encima y así hacer ver que
estaba nevando.

—¡Miren todos!— gritó Henry, agitando un
papel.

Los chiquillos lo rodearon para ver su boleta. —
Voy a inscribir a Ribsy,— dijo Henry. —Va a
ganar un premio. El Sr. Pennycuff me lo dijo.

—¡Qué va, Ribsy no es perro de raza!— se
burló Scooter.

—¡Pues y qué! Es un perro listo y, además,
dicen que no tiene que ser perro de ninguna raza
pura. Mira, aquí dice perros de raza cruzada.

—¡Vaya, miren la lista de premios!— dijo Robert. —Alimentos "Guau-Guau", ratones chillones,

platos, correas, entradas de cine, gorras, copas de plata . . . un montón de cosas.

—Si tienen copas de plata, yo voy a conseguir una boleta para la Princesa Patricia de Tarabrook. Ella es mejor que Ribsy,— dijo Mary Jane.

—¿La Princesa qué?— preguntó Scooter.

—La Princesa Patricia de Tarabrook. Ése es el verdadero nombre de Patsy. Ella es de raza pura y sé que se va a ganar una copa de plata.— Patsy era la cócker spaniel de Mary Jane.

—¿Saben una cosa?— dijo Robert pensativo. — Yo voy a inscribir a Sassy. Ella ya se está poniendo vieja pero todavía está bastante vigorosa y puede que gane una entrada al cine o algo así.

Beezus y Ramona no tenían perro. Ellas tenían un gato, tres ratas blancas, una tortuga y una olomina. Beezus dijo que ella sabía que podía pedir prestado un perrito llamado Puddles.

—Bueno, si es así, yo voy a inscribir a Rags,— dijo Scooter. —Él es el perro más inteligente de los de por aquí. Hasta se puede sentar y dar la mano. Y además, es foxtérrier puro. Nada de raza cruzada como ese bobo perro viejo que encontraste tú.

—¡Ribsy no es ni viejo ni bobo! Y él también se puede sentar. Es mejor que tu Rags y va a ganar un premio mejor. ¡Apuesto a que gana una copa de plata!

—¡No me hagas reír!— se burló Scooter. —Si fuera algo bueno, sus dueños no lo habrían dejado escaparse.

Por fin llegó el sábado. Henry saltó de la cama apenas despertó porque tenía mucho que hacer antes del concurso, que era a las diez. Mientras desayunaba, dejó de comer un momento y dijo: —Mami, le voy a dar un baño a Ribsy en la bañera, ¿sí?

—¿*Me permites* darle un baño a Ribsy en la bañera?

—¿Me permites darle un baño a Ribsy en la bañera?

—¿No puedes usar la tina de lavar en el sótano, como lo haces siempre?— preguntó su mamá.

—Pero mami, esto es especial por el concurso.

Quiero hacer algo especial esta vez. Si lo llevo bien limpio, yo sé que se va a ganar una copa de plata.

La Sra. Huggins dio un suspiro. —Sí, Henry, puedes darle un baño a Ribsy en la bañera, si me prometes limpiar bien la bañera cuando termines.

—Gracias, mami. Yo te la limpio. Con permiso.

—Henry, has dejado casi todo el desayuno. Ojalá que Ribsy se gane una copa de plata, pero yo siendo tú, no contaría con eso. Después de todo, él no es más que un perro cruzado.

—Mami, es un perro cruzado, pero yo sé que es mejor que cualquiera de los perros de por aquí. Vamos, Ribsy.

Ribsy siguió a Henry al baño. Cuando Henry empezó a llenar de agua la bañera, el perro miró primero al chico y después el agua. Enseguida metió su colita entre las patas y trató de escaparse del baño.

—¡Oh, no, señor!— Henry lo atrapó por el collar. Con los brazos agarrándolo por medio cuerpo, lo alzó y lo metió en la bañera. Ribsy pesaba más que cuando Henry lo llevó en brazos al autobús.

Ya que ésta era una ocasión especial, Henry no usó jabón de pulgas. Usó el champú de su mamá. Ribsy gimió. Henry lo restregó todo con champú e hizo mucha espuma. Restregó y frotó. Las blancas burbujas aumentaban y a poco Ribsy estaba totalmente sumergido en un mar de espuma, menos la cabeza.

—Ahora sí que vas a estar bien limpio,— dijo Henry. Sacaba puñados de agua y se los echaba encima al perro. Mientras más agua echaba más espuma se hacía. ¡Si no hubiera usado tanto champú! Trató de secar a Ribsy con su toallita de cara. Eso sirvió de algo, pero no era lo suficientemente rápido. Se le ocurrió una idea. Le dio la vuelta a Ribsy para que la cabeza le diera al otro extremo de la bañera y abrió la ducha. Ribsy trató de saltar pero Henry no se lo permitió. Ribsy levantó la cabeza y aulló.

—¡Henry!— le dijo su mamá. —¿Qué le estás haciendo a ese pobre perro?

—Lo estoy bañando, no más.— contestó
Henry; y cerró la ducha. Ribsy se sacudió.
Henry usó cuatro toallas de baño para secarlo
pero aún así no estaba seco.

Bueno, hoy hace calor. Tal vez el sol lo seca,
pensó Henry. Tomó una de las toallas y rápidamente la pasó por el piso y la bañera.

—Henry, yo tengo que ir al centro esta mañana.
Les deseo buena suerte en el concurso a ti y a
Ribsy.— La Sra. Huggins tenía puesto el som-
brero, lista para salir.

—Gracias, mami. ¿Oye, por casualidad has visto
la correa? En la boleta dice que todos los perros
deben ir con correa.

—Creo que la dejaste en el sótano,— dijo la
Sra. Huggins cuando ya salía.

Henry corrió al sótano. Al pie de la escalera
encontró la correa, bueno, lo que había sido una
correa. Ahora lo que había era un montón de pedazos, porque alguien la había mordido. Rápidamente, Henry miró por todos lados buscando con
qué reemplazarla. ¡Si tuviera más tiempo! Lo

único que pudo hallar fue la cuerda de tender ropa que su mamá usaba cuando llovía. Se trepó en una caja de manzanas para desatarla y luego subió corriendo e hizo un nudo al collar de Ribsy. Era más larga que la correa, pero eso tendría que usar.

Cuando Henry salió al portal vio a Beezus y Ramona que venían por la calle. Beezus llevaba en brazos a un perrito negro muy inquieto que trataba de lamerle la cara. —¡Puddles, déjate de eso!— le ordenó ella y lo puso en la acera. Puddles llevaba un lazo rojo en el collar y a Henry le complació ver que Ribsy no era el único con una soga por correa.

—Anda, Henry, me parece que debemos apurarnos,— dijo Beezus.

Ribsy olfateó al perrito y decidió ignorarlo. —Oye, mira,— exclamó Henry. —Allí adelante van Mary Jane con Patsy y Robert con Sassy. Vamos a correr, ¿quieres?

Cuando llegaron al parque, Henry vio que ya había por delante cientos de muchachos y muchachas con sus perros. Henry nunca había visto tantos perros. Había perros bóxer, da-

neses, pequineses, aíredales, cócker, san ber-
nardo, pomeranios, beagles, póinters, sétters y
perros cruzados. Algunos, como Puddles, llevaban cintas en el collar; otros llevaban suéteres
y otros tenían sombreritos de papel.

Un altoparlante resonaba desde un camión. —
Lleven las boletas a la inscripción, cerca de las
canchas de tenis.

—Vamos, Ribsy.— Henry se hizo paso por entre el montón de gente y perros hasta la inscripción. Allí hizo cola para pesar a Ribsy en una
balanza. Al principio Ribsy no quería que lo
pesaran, pero al fin, Henry y un muchacho de los
"scouts" lograron empujarlo a la balanza y man-
tanerlo quieto lo suficiente para ver que pesaba
veintiocho libras.

—Has engordado mucho en un año,— le dijo
Henry. —Tal vez no te deberíamos llamar ya más
Ribsy.

Después que pesaron al perro, una señora le dio
a Henry una faja de cartulina amarilla para el
brazo. Tenía impreso: "Alimento de Perros Guau-

Guau"—"Guau-Guau hace que los perros ladren de gusto". Debajo de esa leyenda, había un espacio para poner la clase de perro que era, pesoclase, y el ruedo en que el perro se iba a presentar. La señora escribió: "Raza cruzada—25 a 40 libras—Ruedo 3".

Henry llevó a Ribsy hacia el rótulo que decía "Ruedo 3", cerca de un macizo de flores. Ribsy se paró a sacudirse y luego, antes de que Henry se diera cuenta de lo que estaba pasando, se lanzó al macizo de flores y se revolcó en la tierra.

—¡Oye, déjate de eso!— le gritó Henry. —Te estás ensuciando.

Era demasiado tarde. Henry le dio un tirón a Ribsy y lo sacó del macizo de flores, todo lleno de vetas de lodo. Henry trató de sacudirle la tierra. Luego trató de restregársela con un pañuelo. Lo que hizo fue regársela. El chico estaba descorazonado. ¿Por qué había hecho tanto alarde de su perro? Ahora no habría modo de que ganara premio alguno.

Cuando Henry llegó al ruedo 3, vio que éste

estaba hecho de una soga atada a cuatro postes
puestos en la tierra. Adentro había una mesa con
un montón de premios de los cuales había oído
hablar Henry. Henry miró la copa de plata y pensó
que se vería muy bien en su cómoda. No era que
tuviera ni la menor oportunidad con un perro
enlodado. Notó que algunos de los muchachos
habían traído cepillos y estaban cepillando a sus

perros. Ojalá que a él se le hubiera ocurrido traer
un cepillo.

Hacía calor. Henry se sentó en el prado con el
resto de los chicos y las chicas a esperar que em-
pezara la competencia. Trató de quitarle un poco
de tierra a Ribsy. En el ruedo de al lado del suyo
vio a un perro blanco como la nieve. Alguien dijo
que era un perro siberiano. El dueño del perro lo
estaba cepillando y empolvando para que luciera
más blanco.

¡Eso le dio una idea a Henry! ¡Si tuviera más
tiempo, iría corriendo a su casa a traer el talco para
empolvar las partes blancas de Ribsy! Con eso se
cubriría el sucio. Las partes amarillas, negras y

cafés no importaban. Ahí no se veía mucho el sucio. En ese momento, una voz resonó por el altoparlante. —Vamos a posponer la competencia un ratito porque tenemos una novedad para el deleite de todos los chicos. Maud, la mula amaestrada, los va a divertir.

Todos los chicos se fueron hacia el camión a ver a Maud. Es decir, todos, menos Henry. A él no le interesaba ninguna mula amaestrada. Él lo que quería era que Ribsy ganara una copa de plata. Ésta era su oportunidad. Podía ir corriendo a su casa mientras la mula Maud hacía su presentación.

—¡Vamos, Ribsy!— gritó. —Tenemos que andar rápido.

Seguido por Ribsy, corrió a todo dar desde el parque y cuesta arriba hasta su casa en la calle Klickitat. Corrió a su cuarto y arrancó con su propio cepillo de pelo. Entró al baño como un huracán y agarró una lata de talco. Luego se fue corriendo al parque otra vez, con Ribsy. Los chicos todavía estaban alrededor de Maud.

Henry estaba tan acalorado y sudado que tuvo

que sentarse en el prado a recobrar el aliento.
Ribsy estaba jadeante y con la lengua afuera.
Henry lo cepilló. Eso sirvió de algo. Luego le echó
polvo en la mancha blanca grande del lomo.

Henry se horrorizó. No podía dar crédito a sus
ojos. ¡El talco no era blanco sino rosado! ¡Habríase
visto jamás un perro con manchas rosadas! Rápidamente trató de cepillar el polvo. Pero Ribsy
todavía no estaba seco del todo y el polvo no le
salía.

Henry decidió poner de rosado todas las partes
blancas de Ribsy para que hicieran juego. Tal vez
en la claridad del sol los jurados iban a llevar
puestos anteojos oscuros.

Maud terminó su presentación y los chicos vol-
vieron al ruedo con sus perros. —¡Ay, miren al
perro rosado!— exclamó un muchacho.

—Jamás he sabido que existan perros rosados,— dijo una muchacha. —¿De qué clase es?

—Es de raza cruzada,— dijo Henry.

Se metió la lata de talco en el bolsillo y decidió
no decir nada al respecto. A lo mejor los demás

pensarían que era alguna raza rara de perro.

Un señor se paró en el centro del ruedo. Henry notó que no llevaba anteojos oscuros. —Bueno,— dijo el señor. —Traigan a sus perros al ruedo y que den la vuelta en fila de a uno.

—Vamos, Ribs, van a empezar la competencia. Hazme el favor de portarte bien.— Henry lo encaminó al ruedo con la cuerda de secar ropa.

Los chicos hicieron caminar a sus perros en un círculo. La larga soga de Ribsy se enredó con las correas de otros perros. Finalmente, el jurado mandó que se detuvieran. —Ahora tengan listos a sus perros,— ordenó.

Henry no sabía qué quería decir el señor, de modo que observó a los otros. Algunos se arrodillaron al pie de sus perros y los hicieron estar quietos y mirar hacia adelante.

Tal vez eso era lo que quería decir el jurado. Henry se arrodilló al lado de Ribsy. Ribsy se echó. Abrió el hocico y echó su larga lengua rosada afuera. Tenía sed.

—Vamos, Ribs, levántate,— le rogó Henry. —

Sé buenito.— Ribsy empezó a jadear. —¡Vamos, levántate!

Ribsy se echó en el prado y jadeó aún más. Henry tiró y forcejeó. Miró de reojo al jurado. El jurado estaba mirando las orejas y los dientes de un perro que estaba parado como debía ser. Entonces le pasó la mano al perro. El perro ni se movió.

—¡Vamos, Ribsy!— suplicó Henry. —Ya casi es nuestro turno.— Ribsy cerró los ojos. —Yo sé que tienes sed. Te voy a dar agua pronto.

El altoparlante hizo un anuncio. —Los "scouts", por favor, que lleven vasijas de agua a cada ruedo.

Henry sintió alivio al ver a un "scout" que traía agua, pero cuando le llegó el turno a Ribsy, éste olfateó la vasija y se negó a beber.

—Creo que debe ser que está acostumbrado a sus propios platos,— explicó Henry. —No quiere usar la misma vasija que usan los otros perros.

—Lo siento,— dijo el "scout". —Es la única que tengo.

Ribsy continuó jadeando.

Al fin el jurado llegó donde estaba Henry. —
Vaya, vaya, un perro rosado,— exclamó.

—Sí, señor,— dijo Henry. Por suerte que su
propio pelo verde ya había crecido y se lo había
cortado. Un chico de pelo verde con un perro
rosado se deberían ver muy cómicos.

—Anda, hijo. Levántalo.

Henry lo hizo parar. Ribsy trató de sentarse otra
vez, pero Henry le sostuvo el trasero por la cola.
El jurado le miró las orejas y los dientes. Luego le
pasó la mano por encima. Después le miró los
dedos. Dedos rosados. —Mmmm,— dijo el
señor.

Cuando el jurado ya había visto todos los perros,
le pidió a cada chico que caminara con el perro
hacia el frente del ruedo y regresara. Henry notó
que los muchachos y las muchachas que sabían de
estas cosas sostenían la correa en la mano izquierda. Cuando le llegó su turno sostuvo la
cuerda en la mano izquierda y se fue a cruzar el
ruedo. A medio camino, Ribsy se sentó a rascarse
detrás de la oreja izquierda. Henry tiró de la soga.

Cuando llegó al otro lado del ruedo y dio la vuelta, Ribsy dio la vuelta por el lado que no era, de modo que cruzó en frente de Henry.

Henry se enredó en la soga y la iba a cambiar a la mano derecha, pero en ese preciso momento Ribsy corrió detrás de Henry para gruñirle a un perro que era casi todo spániel. El dueño del spániel tiró de él y se fue para el otro lado del ruedo. Ribsy corrió en frente de Henry y tiró de su soga para acercarse más al otro perro. Mientras más tiraba, más apretaba la soga en las piernas de Henry. Los chiquillos se echaron a reír. Ribsy estaba tan exaltado que corrió detrás de Henry y tiró de la soga, lo que la apretó aún más. La risa aumentó.

—¡Déjate de eso, Ribsy!— ordenó Henry, mirando de reojo al perro. Se sentía como un gran tonto ahí parado, amarrado con una cuerda de tender ropa.

—Vamos, hijo,— dijo el jurado. —No podemos perder tiempo. Hay muchos chicos y chicas que también quieren mostrar sus perros.

Ahora, encima de todos sus problemas, el jurado estaba molesto con él. Henry sabía que un jurado molesto no le daría jamás una copa de plata. Desilusionado y sintiéndose aún más tonto, Henry dio vueltas como un trompo para desenvolverse de la soga. Con gran alivio porque esa parte de la competencia había terminado, arrastró a Ribsy al otro lado de la arena. Dentro de unos minutos podría llevar a su perro a casa y darle de beber.

Después de que todos los chiquillos habían hecho caminar a sus perros, el jurado dio una vuelta por el ruedo indicando a diferentes chicos y chicas, diciendo: —Bueno, tú te quedas en el ruedo.— Miró a Henry y su perro. —Mmmm,— dijo. —Bueno, quédate.

Todos los concursantes salieron del ruedo y los "scouts" les dieron premios. Los que salieron primero ganaron premios pequeños. Mientras más tiempo se quedaban en el ruedo, mejor era el premio.

—Hola, Henry, ¿todavía estás allí?— Henry

volvió la vista. Robert y Sassy estaban parados fuera de la soga.

—Sí,— contestó Henry, —y no tengo idea de cómo es posible. Ribsy hizo todo mal. ¿Ganó algo Sassy?

—Sólo un silbato de perro.— Robert miró otra vez a Ribsy.—¿Oye, cómo lo pusiste rosado?

—Oh, eso no es asunto tuyo,— dijo Henry. Estaba haciendo ver que observaba al jurado con mucha atención. Uno por uno, el señor les dijo a los chicos y las chicas que salieran del ruedo.

—¡Mira lo que gané— Henry vio a Beezus agitando un ratón de caucho.

—¡Fíjate, mi ratoncito chilla!— Lo hizo chillar. Luego se detuvo. —¡Mira!— gritó. —¡Ribsy está rosado!

—¡Cállate!— Henry miró al jurado. Le hubiera gustado saber por qué estaba él todavía en el ruedo. Cada vez que el jurado pasaba frente a él miraba a Ribsy y decía: —Mmmm. Quédate en el ruedo.

Mary Jane fue la siguiente en venir. —Mira, me gané una almohada para que duerma Patsy,— dijo y luego miró a Ribsy. —¿Qué? ¡Henry Huggins! ¿Qué le hiciste a ese pobre perro? Está todo rosado. Espera a que tu mamá sepa esto.

—¡Tú cállate la boca!— le dijo Henry furioso. En el ruedo quedaban sólo unos poquitos.

Scooter llegó de último. —Hola, Henry,— le dijo. —¿Están todavía tú y ese perro bobo tuyo en el ruedo? El jurado debe ser ciego. Creo que Rags es un buen perro. El mejor de su clase, ni más ni menos, y ahora tiene que ir a otro ruedo para competir como mejor perro del concurso.— Levantó una copita de plata. Como los otros, miró a Ribsy. —¡Estoy viendo visiones! ¡Un perro rosado!— Scooter se echó a reír. Se sentó en el prado, dando tales carcajadas que rodaba de un lado a otro.

A Henry no le parecía que Ribsy estuviera tan cómico. Para entonces Henry tenía tanto calor y se sentía tan mal que lo único que quería era salir del ruedo, irse a casa y darle de beber a Ribsy en su propia vasija.

—Mmmm,— dijo el jurado otra vez. Finalmente sólo quedaron Henry y otro chico. Henry recordó que los perros de los otros chicos habían hecho todo como era debido.

El jurado se paró en el centro del ruedo con una copa de plata en la mano. Henry no se sorprendió ni un poquito cuando el jurado se la dio al otro chico. Se preguntaba por qué no le habían dicho a él que saliera del ruedo. Pensó que se había equivocado, pero el jurado les dijo a Henry y al ganador:

—Vengan al ruedo principal. Allá habrá otra competencia.

Henry lo siguió, perplejo. Beezus y Ramona, Scooter, Mary Jane, Robert y sus respectivos perros siguieron a Henry. A lo mejor Henry se iba a ganar un premio, a pesar de todo.

En el ruedo principal estaban los ganadores de todos los otros ruedos. Henry vio dos copas de plata grandes en la mesa y vio al jurado cuchiche-

ando con los otros jurados. Todos miraron a Ribsy.
Ribsy jadeó más que nunca. Los jurados hicieron
que los ganadores mostraran sus perros de nuevo.

Esta vez Henry no iba a correr el riesgo de que
la cuerda se le enrollara en las piernas. Se la en-

rolló en la mano de modo que sólo había un pie de distancia entre su mano y el collar de Ribsy. La segunda vez, Ribsy no se portó mejor que la primera. Cuando le llegó a Henry el turno de dar la vuelta al ruedo, el perro se paró a gruñirle a un bóxer. El bóxer contestó el gruñido.

Henry oyó a Scooter cuando decía: —Si ese bobo no tiene cuidado, va a salir bien mordido.

Ribsy gruñó más fuerte. El bóxer gruñón avanzó y arrastró a su dueña que estaba al otro extremo de la correa.

Henry trató de apartar a Ribsy pero Ribsy no le hizo el menor caso. Los perros dieron la vuelta uno al otro, cada uno tirando de su dueño. Henry dio un tirón tan fuerte al collar de Ribsy que el perro casi se asfixia. El bóxer gruñó y le saltó a Ribsy, usando sus poderosas patas delanteras para tumbar al perro más chico. Henry tenía la mano enredada con la soga y no podía zafarla. Fue arrastrado y cayó boca abajo en el prado.

—¡Miren! ¡Henry está metido en una pelea de perros!— gritó Beezus muy exaltada.

La dueña del bóxer se puso a llorar.

Henry estaba tan confuso que no sabía qué era lo que estaba pasando. Sentía el olor de la hierba mojada y las cosquillas que le hacía en la nariz. Oía gruñidos, rugidos y ladridos. Oía a los chiquillos gritando y gritando. El bóxer se le paró en la espalda. Henry dijo: "¡Uf!" Levantó la cabeza a tiempo para ver a un "scout" tratar de acabar con la pelea echándoles un platón de agua a los perros. Pero no le cayó a los perros sino a Henry.

Dos de los jurados corrieron al ruedo y agarraron a los perros por las patas traseras. Cada uno agarró a uno de los animales gruñones para separarlos.

—Bueno, hijo. Sigue,— ordenó un jurado mientras el otro ayudaba a la muchachita con el bóxer.

Avergonzado y chorreando, Henry se levantó de la grama, sin mirar ni a la izquierda ni a la derecha, apuró a Ribsy y dio una vuelta rápida al ruedo.

Al fin sólo quedaban Henry y otro muchacho. El jurado se fue al centro del ruedo. —La copa grande para el mejor perro de toda la competencia es para el dueño del sétter.— Todo el mundo aplaudió cuando le dio al chico una de las dos copas de plata grandes. Ribsy le gruñó al ganador.

—Y ahora,— anunció el jurado, —¡la copa para el perro más raro de toda la competencia es para el dueño de un . . . un . . . un perro . . . de raza cruzada!— Le dio a Henry la otra copa de plata grande.

—Gracias, mil gracias,— fue todo lo que pudo decir Henry. El público aplaudió y Beezus gritó: "¡Viva Henry!" Al chico le pareció que Ribsy estaba complacido.

Todo el mundo lo rodeó para admirar su copa hasta que un fotógrafo del periódico les pidió a todos que se hicieran a un lado mientras él le tomaba una foto a Henry con su perro y anotaba su nombre y dirección. ¡La foto de Henry iba a salir en el periódico!

—Felicitaciones,— dijo Scooter, —aunque sea perro cruzado.

—Bueno, de todos modos, ganó una copa más

grande que la de Rags,— dijo Henry haciendo alarde, —pero creo que Rags es también un buen perro. Mi querido Ribsy. Ahora te voy a dar de beber.

El chico llevó a Ribsy a la fuente más cercana. Llenó de agua la copa de plata y la puso en el suelo. Ribsy se bebió el agua ávidamente. Henry le dio unas cuantas palmaditas. —Mi buen Ribsy. Yo sabía que no beberías de ninguna vasija sino la tuya.

CAPÍTULO SEIS

El que lo halló
con él se quedó

DESPUÉS del almuerzo el sábado siguiente al concurso de perros, Henry estaba en su cuarto dándole de comer a su bagrecito. Echó una pizquita de comida en el agua y la vio hundirse en el fondo del acuario, donde el bagrecito escarbó la arena con mucha rapidez para encontrarla.

—¡He-e-en-ry!— lo llamaba Robert desde el jardín del frente. Henry le puso la tapa al acuario y salió al portal. —Hola. ¿Qué quieres?

—Sal y vamos a hacer acrobacia como los tipos del gimnasio de la "Y. M. C. A."

—Está bien.— Henry corrió escalones abajo. Ribsy levantó los ojos del hueso que estaba royendo y gruñó. Pero no era un gruñido de enojo. Era un gruñido que quería decir: "No me molesten. ¿No ven que estoy ocupado?"

Los chicos se pararon en las manos y dieron volteretas en la grama hasta que Robert dijo: — Anda, vamos a probar esa treta en que un tipo se tiende de espaldas con los pies al aire y el otro se le pone en los pies y el primero trata de darle vueltas.— Enseguida se dejó caer en la grama con los pies en alto. —Anda, prueba,— le dijo.

Henry se sentó en los pies de Robert y se tendió con las piernas y los brazos abiertos. Robert trató de darle vueltas. Henry se tambaleó.

—¡Oye, me estás pateando!— Henry le cayó encima a Robert.

—¡Uf!— Robert se sentó. —Tú pesas mucho. Vamos a probar otra cosa.

—Ya sé. Vamos a la casa de Beezus a usar el castaño como barra.

Fueron y encontraron a las muchachas frente a la casa de Beezus. Estaban atando una larga soga de un castaño de Indias a un arbusto de lila al otro lado de la entrada. Ramona, que llevaba overoles rosados y el cabello enrollado, estaba arañando la corteza del castaño con las uñas.

—Hola,— dijo Henry.

—¿Qué tal?— contestó Beezus, dejando de trabajar en lo de la soga.

—Migau, migau,— dijo Ramona.

—¿Qué quiere decir ella con ese "migau"?— preguntó Henry.

—Ay, no le hagan caso,— contestó Beezus. —Así es como ella dice miau. Está haciendo ver que es gato.

—Migau,— dijo Ramona y se tocó los rollos del pelo. —Yo soy un gato con pelo rizado.

Henry y Robert se dieron una mirada de disgusto. Las chicas empezaban a ser tontas desde muy pequeñas. Los dos miraron a las chicas en silencio. Luego todos se sentaron en la grama.

—¿Por qué no se van de aquí?— dijo Mary Jane al fin. —Nosotras estamos ocupadas.

—No se preocupen por nosotros,— dijo Henry. Nosotros tenemos todo el día.

Beezus apretó el nudo de la soga. —¡Henry Huggins! Tú eres un malintencionado. ¿Por qué no juegas en tu propio patio?

—Queremos ver lo que Uds. están haciendo,— contestó Henry al tiempo que mordía una hoja de hierba.

—¡Ja! Ya sé. ¡Apuesto a que van a ser equilibristas!— dijo Robert en tono de burla. —¿Por qué no atan la soga bien alto? Está nada más como a dos pies del suelo.

—¡Estúpido!— dijo Beezus. —Cada vez que caminamos de un lado a otro sin caernos la subimos un pie. Apuesto a que ni siquiera la gente del circo empieza a practicar en lo más alto de la carpa. Y eso que ellos tienen redes por debajo.

—Uy, tú no puedes caminar por ella ni a dos pies del suelo,— dijo Henry por burla. —Apuesto a que no puedes caminar por ella aunque esté a una pulgada del suelo.

—¡Tú te callas, Henry Huggins!— ordenó Mary Jane. —¿Por qué tú y Robert no se meten en sus propias cosas? Anda, Beezus. No les pongamos atención. Se creen tan listos . .

Beezus abrió la sombrilla de su mamá y la levantó con la mano derecha. Cuando puso el pie en la soga, Mary Jane la tomó de la mano izquierda para equilibrarla. El arbusto de lilas se dobló con el peso, la soga se cayó y Beezus se encontró parada en la acera con la soga bajo los pies.

Robert y Henry se reían a carcajadas. —¡Si vieras lo tonta que luces parada en la soga con la sombrilla en la mano!

—¡Tú te callas!— le saltó Beezus. —Hazlo tú si te crees tan listo.

Henry se rió más duro. —¡No puede caminar por ella ni aunque esté a una trillonésima de pulgada de la acera!

Robert se revolcaba en la grama. —¡Ni siquiera a una billonésima de una trillonésima de pulgada de la acera!

Beezus les amagó con la sombrilla. —¡Fuera de mi patio!—

—¡No nos puedes sacar a la fuerza!— gritó Henry.

—¡Si Uds. no se van, no les vuelvo a hablar jamás en la vida!— Beezus estaba furiosa de verdad.

—Ni yo tampoco.— Mary Jane les clavó los ojos a los chicos.

—Bueno, ¿y qué?

En ese preciso momento, Scooter pasó por la calle en su bicicleta. —¡Miren!— gritó. —¡Sin tocar!

Los otros dejaron de pelear para observar.

Cuando Scooter se acercaba, se dobló despacito hacia adelante mientras continuaba pedaleando. Cuando la cabeza casi tocaba el guardafango de la rueda de atrás, la bicicleta empezó a tambalear. El manubrio se torció y la bicicleta se fue hacia el borde de la acera. Scooter trató de enderezarse . . . pero ya era tarde. Había perdido el equilibrio. La bicicleta rebotó en el borde de la acera y se cayó y Scooter quedó tendido en la grama. La bicicleta, frenada por el castaño, fue a caer encima del chico.

Robert y Henry silbaron mientras Scooter, muy avergonzado, se desenredaba de la bicicleta. Se frotó la canilla pero no dijo nada. Los chicos sabían que la caída le debía doler, pero Scooter no iba a confesarlo.

—Bueno, como sea, lo hice una vez,— dijo, tocándose con cuidado el codo derecho para cerciorarse de que no se le había roto.

—Uy, apuesto a que no lo hiciste.— Henry estaba complacido. Generalmente era él quien tenía los accidentes y Scooter el que observaba.

—¡Que sí lo hice!

—Apuesto a que no.

—¡Cállense todos!— gritó Beezus. —¡Y lárguense de mi patio en este instante!

—¡Beezus, tú no te metas en esto!— ordenó Henry.

—Bah, tú no eres más que una chiquilla tonta,— se burló Scooter.

—Sí, una chiquilla tonta,— repitió Robert. —Y además, éste no es patio tuyo.

—Mi papá paga el alquiler de esta casa, de modo que es lo mismo que si fuera mío.— Beezus alzó la sombrilla para pegarle a Scooter.

—¡Pégale!— gritó Mary Jane, en un papel poco acostumbrado ya que ella era siempre tan dama.

— ¡No te atrevas a pegarme!

—¡Hola, chicos!

Era una voz desconocida. Los chicos dejaron de pelear para ver quién era. Un muchacho desconocido estaba sentado en una bicicleta parada al borde de la acera. Era un muchacho grande, como de séptimo u octavo grado. No vivía en la calle Klickitat y ninguno de ellos lo había visto nunca.

—Llevo cinco minutos llamándolos,— dijo con una sonrisa de oreja a oreja. —¿Alguno de Uds. es Henry Huggins?

La pregunta fue tal sorpresa para Henry que no contestó. ¿Quién era ese muchacho y cómo sabía su nombre? Robert le dio un codazo a Henry, que recordó entonces que no había contestado. —Ah, sí,— dijo, —soy yo.

El muchacho sacó del bolsillo de sus pantalones el recorte de periódico con la foto de Henry y Ribsy en el concurso de perros. Henry no se imaginaba por qué este muchacho desconocido llevaba esa foto. Justamente en ese momento Ribsy se puso a ladrar frenéticamente y Henry lo vio corriendo por la calle en dirección adonde ellos estaban.

—¡Dizzy!— gritó el muchacho y saltó de la bicicleta. —¡Ven aquí, Dizzy!— Ribsy le saltó encima al muchacho y le lamió la cara. El muchacho se rió y le dio unas palmaditas; y cuando Ribsy se quedó quieto un momentito, lo rascó detrás de la oreja izquierda.

Qué raro, pensó Henry. ¿Cómo sabe él que a Ribsy le gusta que lo rasquen detrás de la oreja izquierda? ¿Y por qué lo llama Dizzy? —Él no se llama Dizzy,— le dijo al muchacho. —¡El perro se llama Ribsy y es mío!

Ribsy miró al muchacho y meneó la cola otra vez.

Un pensamiento terrible cruzó la mente de Henry. Ribsy debió pertenecer al muchacho antes de que él lo encontrara por la farmacia hacía más de un año. ¡El muchacho vio la foto en el periódico y vino por él!

¡Si Ribsy no hubiera ganado el premio en el concurso de perros y su foto no hubiera salido en el periódico! Así el muchacho nunca lo hubiera podido encontrar. Henry no sabía qué hacer. No iba a dejar marchar a Ribsy así sin más ni más, después de todo un año. No podía ser.

Se acercó a Ribsy y le puso la mano en el collar.

—El perro es mío,— dijo. —El perro es mío y tú no te lo puedes llevar. Era un perro flacucho cuando lo encontré y yo le compré su collar, una licencia y un plato, y ahora le compro dos libras de carne de caballo todas las semanas, además de sus "Guau-Guau". Y lo baño y lo cepillo y lo atiendo en todo.— Henry tragó. —¡Tú no te lo puedes llevar!

—Henry lo cuida fantásticamente bien,— agregó Beezus lealmente.

—Henry lo encontró, de modo que se huyó de ti,— dijo Robert.

—El que lo halló, con él se quedó,— cantó Mary Jane.

—Bueno, yo lo tuve más tiempo que tú,— dijo el muchacho. —Y yo también le daba de comer y lo cepillaba. Yo lo tuve desde que era cachorrito. Corría tanto tras su colita que le puse de nombre Dizzy. Y el único motivo por el cual se escapó es

porque estaba desconsolado. Yo me fui al campamento de los "scout" durante el verano, y mamá y
papá viajaron al Este. Dejamos a Ribsy con mis
tíos. Me dijeron que se sentía tan solo y triste que
no quería comer ni jugar ni nada. Y entonces un
día no lo pudieron encontrar por ninguna parte.
Creyeron que tal vez se había ido a mi casa a
buscarme, de modo que fueron a mi casa a ver si
estaba. Allí no estaba y lo buscaron por todas partes. Hasta pusieron un anuncio en el periódico.

—Entonces, fue que se escapó,— dijo Robert.

—Tú te fuiste y él se escapó.

Ribsy le lamió la cara al muchacho otra vez.

—Fíjense. Él se acuerda de mí.

—Pero a mí también me quiere,— contestó
Henry.

Ribsy miró a Henry y meneó la cola.

Scooter habló por primera vez. —A nosotros
nos gusta Ribsy en el vecindario. Es el perro más
popular de por aquí y a todos nos haría mucha
falta.

Henry miró a Scooter asombrado. Era la primera vez que lo había oído decir algo en favor de Ribsy.

—Sí, todos lo queremos,— añadió Robert. — Todos los chicos de la escuela Glenwood lo quieren. Él espera a Henry todos los días bajo el abeto, y todos los chicos lo conocen.

—Sí, ¿y nosotras?— preguntó Beezus. — Henry lo ha cuidado durante todo un año; a mí no me parece justo que tú te lo lleves ahora.

—No tenía ni collar ni licencia cuando lo encontré,— dijo Henry.

—Los tenía cuando yo me fui al campamento de verano. No entiendo cómo los pudo perder; pero mi tía dice que estaba terriblemente flaco cuando desapareció. Tal vez él mismo se sacó el collar o alguien se lo quitó.— El muchacho se metió la mano en el bolsillo. —Aquí tengo el dinero que me dieron para mi cumpleaños. Te puedes quedar con él.— Le ofreció a Henry un billete de cinco dólares.

—¡Cinco dólares! ¡Yo no vendería a Ribsy ni por un millón de dólares!

—No, yo no traté de comprártelo,— dijo el muchacho rápidamente. —Lo que quise decir fue que el dinero es para ayudar a pagar por los gastos de este año. Sé que no es suficiente, pero es todo lo que tengo.

A Henry le dio lástima el muchacho. Bien podía él comprender por qué se quería quedar con un perro tan listo como Ribsy. Pero Henry no se podía quedar sin su perro. ¡A él no le pasaba nada extraordinario antes, y qué de cosas que le habían pasado este año!

Henry se arrodilló y abrazó al perro.

—Tú no quieres dejarme, ¿verdad, Ribsy? A ti no te gustaría irte de la calle Klickitat, ¿verdad?

Ribsy le lamió la cara a Henry.

El desconocido se arrodilló y le chasqueó los dedos. —Dizzy, tú quieres irte a casa conmigo, ¿verdad?

Ribsy lo miró, meneó la cola y dijo "¡Guau!"

—Me parece que nos quiere a los dos,— dijo Henry con un suspiro. —Pero a mí no me importa. Él se te escapó a ti y yo me lo encontré.

—Eso es cierto. Como ya dije yo, "el que lo halló, con él se quedó",— repitió Mary Jane.

—Pero yo lo crié desde cachorrito. Y mi mamá y mi papá y mi hermanita también lo echan de menos.

—Pero a él le gusta esperarme a la salida de la escuela y jugar con los chicos.— Henry se detuvo para acariciar al perro. Luego dijo bien despacio: —Tal vez debemos dejar que Ribsy decida.

—Seguro,— dijo Scooter. —Muy buena idea. No te preocupes, Henry, te va a escoger a ti.

—Me parece muy buena idea,— añadió el muchacho. —¿Cómo le vamos a dar a escoger?

—Yo sé,— dijo Scooter. —Dejen a Ribsy donde está y cada uno de Uds. se aleja a veinte pasos de él en dirección contraria. Entonces cuando yo diga: "a la una, a las dos, a las tres", los dos empiezan a llamarlo al mismo tiempo. Al que Ribsy se vaya con él, ése es el que se queda con el perro.

—Está bien,— dijo Henry, —de acuerdo. Pero por dentro temblaba.

—Me parece justo,— dijo el muchacho, —también de acuerdo.

—Ay, Henry, ¿y si no te escoge a ti?— preguntó Beezus llena de miedo.

—No te preocupes,— dijo Mary Jane. —Él no quiere dejar a Henry.

Scooter aguantó a Ribsy por el collar. Henry contó veinte pasos en la acera en dirección a su casa. El muchacho caminó veinte en dirección opuesta. Entonces los dos dieron la vuelta y le dieron la cara al perro. Henry tenía la boca tan seca que tenía miedo de no poder llamarlo.

Scooter se volvió al muchacho. —Oye, ¿tú por casualidad no tienes carne en el bolsillo?

—No, nada. Te lo juro.

—¿Y tú, Henry?— Scooter iba a ser imparcial. Henry tragó. —No, yo tampoco.

—Bueno, queremos que ésta sea una prueba honrada.

—¡Buena suerte, Henry!—
gritó Beezus.

—Gracias,— dijo Henry con
una vocecita que apenas se oía.

Scooter le dio vuelta a Ribsy
hacia la calle, de modo que no le
diera la cara ni a Henry ni al otro

muchacho. —Bueno, mucha-
chos. A la una, a las dos . . . y a
las . . . ¡tres!— Y soltó el collar
de Ribsy.

—¡Ven aquí, Ribsy! ¡Aquí,
Ribsy! ¡Ven, Ribs!— Al menos, a
Henry le salió la voz.

—¡Ven acá, Dizzy, Dizzy,
Dizzy!— El primer dueño le
chasqueó los dedos.

El perro miró a Henry. Luego miró al otro muchacho. Después se sentó a rascarse detrás de la oreja izquierda con la pata trasera izquierda.

—¡Ribsy!— suplicó Henry. —¡Vente para acá! ¡Ven, Ribsy! ¡Ribsy, ven acá!

—¡Ven, Dizzy! ¡Ven, Dizzy!— lo llamó el muchacho.

Ribsy se levantó y dio unos pasos hacia el muchacho y meneó la cola. Los chicos dieron un gemido.

—¡Ribsy!— gritó Henry con un dolorcito de estómago. Ribsy se paró, dio la vuelta, meneó la cola y dijo: "¡Guau!"

—¡Así, mi perro, Ribsy!— gritó Henry.

—¡Sigue, Ribsy!— gritó Beezus.

—¡El público que no dé instrucciones!— ordenó Scooter.

Ribsy dio unos pasos en dirección a Henry. Luego miró al otro chico.

—¡Carne de caballo, Ribsy, carne de caballo! ¡Aquí, Ribsy! ¡Ven, Ribsy!— Al oír lo de carne de caballo, Ribsy miró a Henry.

—¡Ven acá, Dizzy, Dizzy!— Entonces se le ocurrió una idea al muchacho. —¡Ven, acá, Ribsy! ¡Ven, Ribsy!— lo llamó él también.

—¡Oye, eso es trampa!— objetó Henry. —Yo soy el que lo tiene que llamar Ribsy.

—No hay ninguna regla sobre cómo llamarlo.

— Él tiene razón, Henry,— concordó Scooter.

—¡Miren, está dando la vuelta!— gritó Mary Jane.

Pero Ribsy sólo dio la vuelta para morderse una mancha cerca de la cola. Mordió una mosca, se sentó, se rascó detrás de la oreja izquierda otra vez y al fin se paró. Los muchachos seguían gritando.

Con un suspiro de cansancio, Ribsy se echó en la acera, puso la cabeza sobre las patas y cerró los ojos.

Los chicos dieron otro gemido. —¡No te vayas a dormir ahora!— le suplicó Henry, que con el miedo tenía las manos frías y húmedas.

Ribsy abrió los ojos y, sin mover la cabeza, volvió la mirada al otro muchacho primero y después a Henry. —Vamos, Ribsy,— lo instaban los dos.

Bien despacito, Ribsy se levantó y después de dar un vistazo atrás, al otro muchacho, trotó ocho pasos por la acera en dirección a Henry. Se detuvo, se rascó otra vez y trotó los pasos que quedaban hasta llegar donde estaba Henry. Entonces se echó con la cabeza a los pies de Henry y cerró los ojos otra vez.

—¡Ribsy escogió a Henry!

Los chicos gritaron, pero Henry no pudo decir ni una palabra. Se arrodilló y le dio un abrazo a su perro.

—Yo sabía que te iba a escoger a ti,— se jactó Mary Jane. —Yo lo sabía desde el principio.

—Ay, pero yo me asusté mi poquito,— dijo Beezus.

El otro muchacho estaba tan desilusionado que Henry no pudo más que tenerle lástima. —Me alegro de que Ribsy quiera quedarse conmigo,— dijo Henry,— pero siento mucho que tú tengas que irte sin él. Es un perro buenísimo.

—A mí también me duele perderlo, pero creo que no me puedo quejar. Fue una prueba justa.—

El muchacho puso una pierna sobre la bicicleta. —
Oye, ¿puedo venir a verlo de vez en cuando?

—Seguro que sí. Cuando quieras.

—Gracias. Volveré pronto.— El chico se fue
calle abajo.

Los chicos rodearon a Ribsy para acariciarlo. —
¡Qué suerte he tenido!— dijo Henry, —pero sí
que estuve asustado un buen rato.

—Caracoles, yo no sé qué haríamos en el vecindario sin Ribsy,— dijo Beezus. —Vamos. Ahora
que Ribsy es de Henry para siempre, vamos a
pensar en algo que podamos jugar todos juntos.